JESSE MILLER

LE SOULÈVEMENT DES PIGEONS

Titre original : *Pigeon City*
Traduction de l'anglais (États-Unis) : Dominique Bellec

3, rue Louis-Le-Pitre
56100 Lorient
www.lepassagerclandestin.fr

Directeur de collection : Dominique Bellec
Couverture : Yanni Panajotopoulos
Corrections : Magali Bertrand

JESSE MILLER

LE SOULÈVEMENT DES PIGEONS

le passager clandestin / dyschroniques

«Dyschroniques» exhume des nouvelles de science-fiction ou d'anticipation, empruntées aux grands noms comme aux petits maîtres du genre, tous unis par une même attention à leur propre temps, un même génie visionnaire et un imaginaire sans limites.

À travers ces textes essentiels se révèle le regard d'auteur·ices d'horizons et d'époques différentes, interrogeant la marche du monde, l'état des sociétés et l'avenir de l'humain.

Quand les futurs d'hier racontent notre présent…

Un été, à l'aube. Le soleil était presque levé quand Curtiss poussa la porte coupe-feu et apparut sur le toit. Il respira à pleins poumons, heureux, en sentant le soleil réchauffer son visage. Il se délecta de ces premiers rayons de soleil qui inondèrent ses solides traits noirs et conférèrent à son visage l'éclat du cuivre.

Curtiss possédait le pigeonnier le plus fantastique de Harlem. Construit et agrandi au fil des années, il ressemblait plus à une pagode miniature qu'à un pigeonnier. Curt adorait ces instants solitaires avant le lâcher des oiseaux. Le pigeonnier était installé à un angle du toit. Il était rouge et or et brillait tranquillement ; dedans, les oiseaux au réveil roucoulaient et bruissaient en s'étirant et se lissant les plumes.

Ces instants, il les prolongeait autant qu'il le pouvait. Une fois relâchés, les oiseaux s'envoleraient et tourbillonneraient : autant de grains de poivre formant un motif changeant et susceptible à tout moment de signifier quelque chose. La ville entière pourrait en profiter. Pour l'instant, ils n'appartenaient qu'à lui. Le plastécran reflétait la lumière rosée du petit matin et Curtiss avait envie de chanter ; il débordait de joie et de fierté silencieuses.

En bas, sur l'avenue Lennox, un mécabalai effectuait sa ronde automatisée devant les bâtiments vides et abandonnés situés de l'autre côté de la rue. Curtiss prêta une attention distraite quand la balayeuse s'arrêta devant un obstacle. Il crut pouvoir entendre le cliquetis des ordinateurs tandis qu'elle analysait le problème. La nuit précédente, une voiture avait été brûlée et il y avait maintenant un amas durci de plastique fondu sur le trottoir. Les balayeuses ne faisaient presque jamais d'erreur. Une lumière froide parcourut la rue, s'arrêta sur le monceau de plastique et le désintégra. Curtiss ne fut pas impressionné. Il observa la remise en marche des grosses brosses et la balayeuse partit d'un bond en direction du pâté d'immeubles suivant.

Il lui était arrivé de se demander combien pouvait coûter un de ces mécabalais ; un programme d'éduvision avait comparé le fonctionnement d'une balayeuse à la sélection de l'étage par un ascenseur. Elles avaient été conçues pour être aussi pratiques et simples d'emploi que possible. Un commentateur avait laissé entendre qu'il était infiniment plus efficace d'automatiser partout où c'était possible plutôt que d'embaucher des opérateurs humains et de pourvoir à leurs besoins.

Curtiss haussa les épaules et marcha jusqu'au pigeonnier. Il s'adressa aux oiseaux : « Qu'est-ce que ça change ? La vie est belle, on mange tous, hein ? »

Les oiseaux savaient que c'était leur heure. Ils finirent de se pomponner et se mirent à sautiller en tous sens avec des gestes vifs et saccadés. Curtiss déverrouilla quelques trappes et ils commencèrent à bondir jusqu'à la petite plateforme de sortie, jetant un œil alentour avant de prendre leur envol. Il éprouva un soupçon de jalousie. Les pigeons iraient où bon leur semble, ils verraient tout le monde et tout le monde les verrait, pendant que lui, sur le toit, il attendrait l'heure de manger. Il n'avait rien d'autre à faire que manger, dormir et bricoler son pigeonnier.

Plus personne n'allait en ville, désormais. Bien sûr, certains étaient extraits quand ils perturbaient le bon fonctionnement d'une machine urbaine, mais comme ils ne revenaient jamais, au fil des années, la curiosité avait fini par se dissiper. Personne ne trouvait étrange que toute curiosité ait disparu. Tous les besoins étaient satisfaits. Tout le monde était nourri et vêtu, les logements étaient décents. L'apathie avait gagné les gens.

Curtiss pencha la tête en arrière et regarda les oiseaux se rassembler, tournoyer et plonger au-dessus de lui, puis s'éloigner, telle une vague aérienne déferlant sans fin, se formant et se reformant constamment tout en rapetissant à un rythme hypnotique.

On appelait le toit où Curtiss passait ses journées « Pigeon City de la 112e Rue ». Il soupira et alla à la boîte à outils. Il n'avait jamais craint de manquer de matériel. Chaque mois, le concierge remplissait un formulaire de requête et on pouvait facilement lui demander d'y ajouter un demi-litre de peinture dorée métallisée ou quelques mètres de plastécran.

Tout le monde savait que les ordinateurs, en ville, gardaient ces données en mémoire, mais ça ne dérangeait personne tant que tous les besoins et la plupart des désirs étaient satisfaits. Curtiss se frotta les yeux et choisit un petit pinceau. Il étala du papier et commença à peindre. Les ordinateurs encourageaient tout le monde à avoir un hobby. Aucune requête concernant un hobby n'était jamais refusée. Mais la façon dont ils avaient traité Allen – le rétrograde, le dissident, l'exception qui confirme la règle de la satisfaction générale – avait démontré que les ordinateurs conservaient les données.

Le soleil était complètement levé maintenant. Curtiss ôta sa chemise et la suspendit à la poignée de la porte coupe-feu. Il faisait chaud, il faisait bon. Il chantonna doucement tout en peignant. Le soleil lui cuisait les muscles alors qu'il badigeonnait le plastibois. La vie était facile, tellement douce. L'éduvision disait que le ghetto constituait la première incursion de l'homme en Utopie.

Allen surgit de nouveau à l'esprit de Curtiss. La façon dont il avait protesté quand les ordinateurs l'avaient écarté n'était pas sans fondement. Il existait un registre de données sur Allen comme il en existait un sur tout le monde, mais Allen avait requis de la dynamite… C'était pour plaisanter. Dans la colonne « motif », il avait écrit « hobby ». On lui avait donné les explosifs, mais ses requêtes suivantes avaient été rejetées. Il avait même été question de lui sur l'éduvision. C'était une star locale, une vraie source de divertissement, comme les pigeons de Curt.

Les gens savaient ce que ressentait Allen. Il avait la haine. Quand il était enfant, il avait perdu un pied dans la rue. C'était arrivé alors qu'il jouait avec un mécabalai. Monter dessus pour faire un petit tour, ça pouvait aller, mais lui bloquer le passage, lui hurler dessus et le narguer comme Allen l'avait fait, c'était de la folie. Quand l'ordinateur de la balayeuse avait choisi d'ignorer les interférences provoquées par ses facéties, il s'était précipité devant elle, trottant à reculons, riant et criant. Et puis il avait trébuché et chuté…

C'était l'heure de manger. Curtiss rangea soigneusement son pinceau dans du diluant et referma le pot de peinture. Le ciel était bleu et sans un nuage. Bientôt, ce serait l'automne. Une beauté, une paix, une joie impossibles régnaient autour de lui. Il marcha à grands pas jusqu'à la porte coupe-feu et pénétra dans l'immeuble humide et froid dont le toit était son terrain de rêverie et de jeu.

Tous les hobbies se pratiquaient sur les toits. L'intérieur des bâtiments était sordide, en général. Apparemment ça ne dérangeait personne. Vivre et laisser vivre ; et quand les choses débordaient sur la rue, il y avait les mécabalais.

D'ailleurs, le camion-repas était lui aussi une balayeuse, mais celle-ci avait été modifiée pour distribuer de la nourriture. Elle scannait les cartes et délivrait des aliments infracuits spécialement programmés en fonction des besoins diététiques de chacun. L'ordinateur était bienveillant. Tout le monde mangeait bien, même si ce n'était qu'une fois par jour.

Allen boitilla derrière Curtiss dans la queue. « Ça t'gêne si j'te passe devant ? » chuchota-t-il.

« Pourquoi ? répondit Curtiss. T'es pressé ? »

« Carrément, frérot », dit Allen. Il sortit sa carte et la tripota nerveusement.

« Eh bien moi aussi je suis pressé, dit Curtiss. Tu n'as qu'à attendre. »

« Ça se voit que t'es pressé. Allen rigola, s'empara d'une des mains de Curtiss et la brandit pour le mettre dans l'embarras. Elle était tachée de peinture. « Ouais, t'es pressé, poursuivit Allen. T'es tellement occupé à traîner, là-haut, à Pigeon City, que t'as même pas le temps d'enfiler une chemise et de te laver les mains quand le resto ambulant débarque. »

Curtiss céda : « OK, frérot, prends ma place. »

Allen avança aussitôt et se mit à tapoter sur l'épaule de la fille devant lui. « Excuse-moi, sœurette, j'peux prendre ta place ? »

Curtiss, non sans amusement, regarda Allen se frayer un chemin jusqu'à la première place à force de persuasion et de marchandage. « Il faut toujours qu'il se fasse remarquer », dit-il à la cantonade et la fille devant lui hocha la tête en souriant. Lorsqu'il atteignit la fenêtre du resto ambulant et présenta sa carte, Allen était loin et avait déjà presque fini son repas. Il prit son plateau et le rejoignit sur l'escalier de l'immeuble.

« Pourquoi tu étais si pressé ? » demanda-t-il en s'asseyant à côté de lui. Allen plissa les yeux en direction du soleil brûlant de midi, mais au lieu de répondre, il se tourna vers son plateau quasiment vide pour racler et engloutir les dernières traces de nourriture.

Le resto ambulant s'éloigna en cliquetant et brinquebalant à travers l'avenue Lennox. Curtiss se pencha en avant et put apercevoir les gens du pâté d'immeubles suivant se rassembler à l'endroit où ils savaient que le véhicule s'arrêterait.

« Tu aimes ça ? » demanda brusquement Allen.

« Quoi ? » Curtiss était décontenancé. Il avait appris à s'attendre à tout de la part d'Allen, mais cela ne l'empêchait pas d'être souvent pris au dépourvu. Allen se leva et s'essuya la bouche du revers de la main. Il était grand et avait l'air altier. Son boitement renforçait son originalité et il le savait. Curtiss sentit qu'il allait avoir droit à un discours et tenta de l'interrompre.

« Écoute, frérot, je t'ai juste demandé pourquoi tu étais si pressé. Pas la peine d'en faire tout un plat, OK ? »

Mais Allen, qui s'était redressé autant que le lui permettait son corps vouté, ne voulut rien entendre. Des deux côtés de la 112e Rue, les gens s'étaient mis à manger plus lentement. Il allait y avoir du spectacle. Allen allait parler. Ils commencèrent à se rapprocher et Allen les y invita par de grandioses mouvements de bras. Il se tourna vers Curt.

«Je t'ai demandé : “Tu aimes ça ?” mais tu n'as pas répondu. Est-ce que ça veut dire que tu ne sais pas ?» Il utilisait sa voix de tribun et une fille gloussa. Curtiss baissa la tête. Il lui tardait de retourner sur le toit.

«Je vais vous le dire, à vous tous, pourquoi j'étais si pressé, tonna Allen, mon intention était d'arriver au camion avant que quiconque ait pu manger et de le fracasser.» Il jeta un regard à la ronde et farfouilla sous son dashiki. Il en sortit une brique et la brandit afin que tous puissent la voir. Un cri de surprise retentit dans la foule et tout se figea.

Ils étaient accablés de chaleur. La rue était presque poisseuse. Curtiss sirotait lentement sa brique de limonade, essayant de conserver le liquide frais dans sa gorge empoussiérée.

«Pourquoi tu irais faire une chose pareille, fiston ?» C'était une vieille femme que les gens appelaient «Face de raisin sec»; ses lèvres remuèrent presque imperceptiblement quand elle posa sa question.

«Pourquoi? hurla Allen. Pour obliger tout le monde à faire quelque chose, voilà pourquoi! Vous croyez que je m'en fiche? Pas du tout. Mes frères, mes sœurs, ce qui compte pour moi, c'est nous, pas juste un repas. Un seul repas? Ce n'est pas ça qui nous ferait mourir de faim, et puis le camion repasserait le lendemain.»

Alors, ce fut la pagaille. La foule s'insurgea ; on entendit crier des « Comment tu sais ça ? », « De quel droit tu ferais ça ? » Ils étaient furieux. Allen se tenait là, confus et seul. Curtiss dut admettre qu'il cherchait à garder son calme.

Curt se leva et agita les bras pour réclamer l'attention. Petit à petit, le tumulte retomba et il prit la parole : « Pourquoi il ferait ça, c'est une chose ; peut-être que ça nous plairait ou peut-être pas. Mais le fait est qu'il ne l'a pas fait, et j'aimerais savoir pourquoi. » L'attention se reporta sur Allen qui cligna des yeux, reconnaissant. Curtiss se rassit.

« Alors vous voulez savoir pourquoi je ne l'ai pas fait ? » Il se tourna vers Face de raisin sec. « Je suis arrivé en tête de file, j'avais la brique dans ma main », la foule se pencha en avant, s'efforçant de ne pas perdre un mot, « mais alors, j'ai pris une grande inspiration et cette nourriture sentait tellement bon… impossible de résister.» Il fit mine de croquer dans la brique et la foule éclata de rire. Face de raisin sec fit un large sourire pour signifier qu'elle comprenait.

La tension se dissipa aussi vite que si elle n'avait jamais existé. Allen en frémit de soulagement. La violence populaire n'était pas rare et elle était presque toujours fatale pour ses victimes. Il jeta un œil en direction de Curtiss, mais Curt évita son regard. «J'ai une dernière chose à ajouter, annonça-t-il, il y aura une réunion ce soir, et je prendrai la parole.»

«Où ça?» La foule était d'humeur enthousiaste. Là où Allen se trouvait, la promesse d'un authentique divertissement l'accompagnait comme une aura presque palpable.

Il prit une profonde inspiration. «Pigeon City», répondit-il enfin.

Curtiss sursauta, renversant un peu de sa précieuse limonade estivale, mais, déjà, Allen descendait la rue en claudiquant et la foule, toute bruissante d'impatience et d'excitation, était en train de se disperser.

Sous la chaleur, l'après-midi s'étira lentement. Chacun avait repris son hobby. Depuis le toit de l'immeuble à l'angle de la 112e et de Lennox, le toc-toc-toc intermittent d'un marteau flottait au-dessus des rues paresseuses écrasées par la température extérieure. À Pigeon City, Curtiss s'était remis au travail.

Allen l'avait rejoint sur le toit. Il boitillait de-ci de-là, offrant son aide en s'excusant presque.

« T'as besoin de clous, mec ? Est-ce que tu veux qu'j't'apporte des clous ? »

Curtiss ne pouvait pas s'empêcher de sourire. Il examina son visage hâlé et fébrile et ses mains brunes et volontaires. « Qu'est-ce que t'as, frérot ? » finit-il par demander.

« Rien, rien », répondit vivement Allen. Il se dirigea en clopinant vers la boîte à outils, et Curtiss s'assit à l'ombre de sa volière et alluma une cigarette en regardant son ami.

Allen sentit la fumée et revint en sautillant. « Où t'as eu ça ? » demanda-t-il. Il lui tendit un sac froissé au coin duquel dépassait un clou et rafla la cigarette.

« J'en ai fait la requête », répondit nonchalamment Curtiss.

Allen tira dessus avec avidité et la fumée lui envahit les poumons. Il rendit la cigarette en toussant : « Tiens mec, je ne fume pas. »

« Moi non plus », répliqua Curtiss. Il éteignit la cigarette et la glissa soigneusement dans la poche de sa chemise.

Allen était fasciné. Il retira son dashiki et l'accrocha sur la porte, près de la chemise de Curtiss. Curtiss fut surpris par sa maigreur lorsqu'il s'assit à l'ombre à côté de lui. Il avait pris un air de conspirateur.

« Tu déposes une requête pour des cigarettes alors que tu ne fumes pas. » Il s'interrompit et se frotta le menton comme s'il avait besoin de temps pour réfléchir sérieusement. « Pourquoi ? demanda-t-il soudain, pour quelqu'un d'autre ? »

« Non », répondit simplement Curtiss.

« Pourquoi, alors ? » Ses yeux s'étaient étrécis.

« Parce que je voulais voir si l'ordinateur les enverrait, c'est tout. » Il avait l'air un peu agacé et Allen sut que quelque chose l'embarrassait.

« Tu voulais voir si l'ordinateur les enverrait et il l'a fait. Donc j'avais tort, c'est ça ? » Il souriait. Ils savaient très bien tous les deux à quoi il faisait référence. Quand l'ordinateur avait fait le rapprochement, qu'il avait compris qu'Allen cherchait à fabriquer une bombe et qu'il s'était mis à écarter ses requêtes, il avait déclaré haut et fort que si l'ordinateur pouvait l'écarter, lui, aujourd'hui, ce serait sans doute le tour de quelqu'un d'autre demain. « La politique peut changer », avait-il dit, et personne n'eut l'air de s'en inquiéter. Sa théorie ne manqua pas d'impressionner, mais elle n'avait jamais été corroborée. Cependant, le doute s'était installé. L'attitude de Curtiss le démontrait, et Allen en était ravi.

Il frappa dans ses mains et se leva. « C'est ça que j'aime chez toi, frérot, t'es vraiment ouvert d'esprit. » Avant que Curtiss ait pu répondre, Allen se dirigea vers la porte en boitant, se saisit de son dashiki et commença à descendre les marches. Et comme la porte se refermait derrière lui, il ajouta par-dessus son épaule : « On se voit ce soir. »

Curtiss se retrouvait à nouveau seul sur le toit. « Ouais, à plus », lança-t-il, presque pour lui-même. Il se remit debout et parcourut le ciel du regard. Bientôt, les oiseaux commenceraient à revenir. Curtiss était inquiet. Il fronça les sourcils et s'activa sur le toit, se préparant pour le retour du premier pigeon.

Tous les pigeons avaient retrouvé leur cage. Sur le toit se pressait une foule joviale et impatiente. La nouvelle s'était répandue. Allen déambulait en inspectant les lieux sans chercher à dissimuler son plaisir. Des centaines de personnes avaient fait le déplacement devant la perspective d'un nouveau show de leur star locale. Les pousser à agir, ce serait une autre histoire, mais il avait un plan. Ce soir, il ferait plus que divertir.

«Cette réunion est maintenant ouverte», proclama-t-il solennellement. Il agita les bras et réclama l'attention, mais il ne fut accueilli que par des railleries et des éclats de rire. Il hocha la tête et attendit. Le soleil couchant colorait son visage d'un bronze profond. Ici et là, sur les toits voisins, il pouvait apercevoir des groupes de gens debout en train de discuter. Une brise se leva à l'est faisant onduler et claquer son dashiki démodé. Ça commençait à se rafraîchir.

« Quelle heure est-il ? » demanda-t-il. Les gens sursautèrent. Personne ne faisait plus guère attention à l'heure. S'inquiéter de l'heure, c'était passé de mode. Il n'y avait tout simplement plus aucune nécessité de se soucier de l'heure.

« À peu près 19 h 30, mon frère », cria enfin quelqu'un. Le silence finit par s'installer et les gens se tournèrent vers Allen. Il remercia d'un signe de tête et prit la parole.

« Je ne vais pas dire : "Personne n'a de boulot", parce que personne n'a envie de travailler. Je ne vais pas dire : "Aucun de ceux qui ont été extraits n'est jamais revenu", parce qu'on le sait tous, mais on agit comme si la seule solution c'était de rester dans le rang pour ne pas s'attirer d'ennuis. »

Un brouhaha se fit entendre au fond de l'assemblée. « Tu peux nous dire où est-ce que tu veux en venir ? » cria un homme en bousculant les gens pour se frayer un chemin. Tandis qu'il approchait, Allen comprit qu'il s'agissait de Franklyn. Sa bouche était tordue par un bâton de sucre d'orge. Franklyn avait toujours un bâton de sucre d'orge dans la bouche. Il en fabriquait. Allen croisa les bras et attendit. L'attitude de Franklyn était menaçante et il savait qu'il était préférable de le laisser parler.

« Laissez-le passer ! » cria-t-il, et Franklyn joua des coudes pour atteindre le premier rang.

« Où est-ce que tu veux en venir ? » demanda-t-il. Il se tenait tout près du visage d'Allen et ce dernier sentit le vague parfum de citron imprégnant son haleine. Il avait entendu le cliquetis du bâton de sucre contre ses dents quand il avait parlé et ne put s'empêcher de sourire. Franklyn entra en fureur. « Ne ris pas, frère, hurla-t-il. T'es un fauteur de troubles, tu sais ça ? Tu n'es content de toi que quand tu fais des vagues. »

La foule murmura, sensible à cet argument. Du conflit. Déjà. De la variété. Ils ont mordu. Allen s'humecta les lèvres. Frank prenait de l'assurance, il commençait à apprécier le public. Il pressa son index contre la poitrine d'Allen. « Quelqu'un devrait s'arranger pour te faire extraire, menaça-t-il. On serait débarrassé de toi. » Puis il lui tourna le dos et s'adressa à l'assistance.

« Ils ont extrait mon unique sœur à cause de sa grande gueule, hurla-t-il. Si on écoute cet imbécile, on finira tous par avoir des ennuis. » Il éleva encore la voix : « C'est à cause de cet imbécile qu'Irene s'est opposée à la police. » Soudain, il eut un sanglot, mais se força à reprendre : « Ils l'ont extraite… » Sa voix se brisa et il ne put finir.

Il agita le bras en direction d'Allen qui se tenait derrière lui sans rien dire. Il se prit le visage dans les mains et resta là, désespérément immobile.

« J'étais avec Irene, dit enfin Allen. Je crois en ce que nous avons fait. »

Franklyn se retourna : « Mais ils l'ont prise elle, et toi tu as pu t'échapper. » Il tremblait sous le coup de l'émotion et Allen posa une main sur son épaule : « Tu fais comme si ça t'était égal, on fait tous comme si ça nous était égal, mais ce n'est pas le cas. Tu vois bien, ce n'est pas le cas. » Il haussa la voix et s'adressa au reste de l'assemblée dans la lumière déclinante, sa main toujours posée sur l'épaule de Frank. « Nous mangeons les repas que nous distribue le resto ambulant, dit-il. Et nous n'osons pas faire le moindre écart de peur qu'il ne revienne pas le lendemain. Si les fourgons venaient pour une extraction, on se laisserait faire sans rien dire de peur d'un châtiment encore plus lourd. »

La mention d'un châtiment plus lourd fit courir un frisson dans l'assistance silencieuse. Un châtiment plus lourd, cela faisait référence aux enregistrements de l'éduvision qu'on leur avait montrés après les émeutes de Bedford Stuy. Nul ne pouvait oublier les images de ces gens drogués et gazés, qu'on rassemblait et qu'on poussait dans les fourgons. Une extraction massive. Tous ces gens qui ne retourneraient plus jamais à leurs hobbies, à leurs familles à leur communauté. Et une voix de Blanc récitant en off, sur les images horribles de la scène : « Tel est le destin des insatiables, des fauteurs de troubles, des ignorants… »

Un châtiment plus lourd. À cette évocation, chacun se remémora les enregistrements cauchemardesques ; ils avaient été conçus pour marquer les esprits, leur but était clairement de forcer le ghetto à obéir.

Les Noirs réunis sur le toit de Pigeon City en ce soir d'été étaient venus là pour être divertis. Le regard d'Allen passa d'un visage à l'autre. Tous étaient silencieux et inquiets. Sous l'effet de la brise, son dashiki flottait légèrement autour de lui comme un drapeau. Finalement, il déclara : « Ce soir, nous allons tous nous battre. »

Il n'y eut pas de réponse. Franklyn était toujours là, les épaules basses, et les gens évitaient de croiser le regard d'Allen. « Contre qui allons-nous nous battre, frérot ? » C'était Curtiss qui l'interpellait depuis l'autre bout du toit, mais sa question resta suspendue dans les airs, sans réponse. Allen avait la tête baissée et il ne réagit pas. « Quelle heure est-il ? » demanda-t-il tranquillement. Quelque chose semblait le contrarier légèrement. Cette fois, personne ne lui répondit et quelques-uns se levèrent pour partir.

Braoum ! Une formidable explosion illumina soudain le ciel nocturne dans un éclair qui prit tout le monde au dépourvu. Elle fut suivie de deux autres explosions accompagnées d'éclairs, et à chacun de ces brefs et prodigieux déluges de lumière, l'image de la foule jaillit, toute nette, de l'obscurité. On pouvait entendre le sifflement des fragments de métal, des morceaux d'immeubles et des éclats de verre projetés dans les airs. Les gens étaient bouche bée, tandis qu'Allen, l'œil rusé sous son sourcil, observait la scène.

Puis il y eut le feu, brillant et chaud. Les édifices abandonnés de l'autre côté de la rue s'étaient embrasés on ne sait comment, et à leur place, il y avait maintenant un mur ondulant de flammes rouge et jaune. Les gens se levèrent. Comme ils purent le constater, tout le monde, jusqu'à plusieurs rues de là, avait les yeux tournés dans cette direction. C'était historique. La plus grosse explosion et le plus grand incendie que cette ville ait connus, de mémoire d'habitant.

Déjà, l'odeur nauséabonde du plastique fondu se répandait et le brasier commençait à se propager. Il y eut des explosions secondaires, de très violentes secousses qui firent trembler portes et fenêtres. À perte de vue, la rue était traversée d'hommes et de femmes en train de courir.

Finalement, le hurlement d'une sirène commença à se faire entendre. Une mécapompe. Les gens se mirent à applaudir. Les mécapompes étaient un spectacle des plus réjouissants. Elles visaient le cœur de l'incendie et l'étouffaient à l'aide d'un canon à mousse dirigé par ordinateur ; elles ne rataient jamais leur coup.

Allen était de plus en plus excité. Les gens se massaient contre le parapet pour regarder. Une seule mécapompe pouvait-elle venir à bout d'un incendie de cette taille ? À la vérité, il y avait peu de raison d'en douter. Mais l'incendie flamboyait, rugissant et diffusant sa chaleur à des dizaines de rues à la ronde. L'avenue Lennox offrait un spectacle digne de l'enfer.

Allen écouta sans bouger. Les sirènes s'approchaient. Ses doigts agrippèrent la brique de polyéthylène qu'il avait brandie l'après-midi même. Le fourgon d'incendie apparut à l'angle de la 110e Rue et tourna dans l'avenue Lennox. La foule l'encouragea. Allen savait que personne ne le laisserait lancer sa brique s'il était repéré. Il la fourra sous son dashiki et attendit. Il n'aurait aucun répit tant qu'il ne les aurait pas tous contraints à se battre.

Quelqu'un toucha sa manche. C'était Frank. Leurs regards se croisèrent à la lueur rougeoyante des flammes. Le visage de Frank était déformé par une question silencieuse : « Toi ? » Allen acquiesça. Le regard de Frank étincela et il s'empara lui aussi d'une brique ; ensemble, ils attendirent.

Dans la rue, le véhicule d'incendie avait ralenti. Il évaluait le meilleur endroit où attaquer le feu. La sirène s'arrêta et on put entendre le gémissement du puissant moteur électrique. La machine ressemblait à un taureau prêt à foncer au cœur des flammes. Elle se mit à rouler à faible vitesse, tous capteurs dehors et en état d'alerte, et c'était comme un animal. Plus près, un peu plus près ; la grande cloche dorée tintait lentement, comme si la mécapompe réfléchissait.

Allen savait que s'il n'agissait pas vite, la machine serait bientôt aux prises avec l'incendie, qu'elle l'éteindrait et qu'elle repartirait sans avoir subi de dommages. Il se dressa et jeta la brique de toutes ses forces, se baissa vivement et la fit suivre d'une autre.

« Battez-vous, battez-vous, battez-vous ! » hurla-t-il. À côté de lui, Frank jetait lui aussi des briques. La foule les regarda, stupéfaite. Les gens ébahis observaient l'improbable duo en train de lancer des briques, des bouteilles et tout ce qui lui tombait sous la main.

Le véhicule recommença à bouger. Frank s'arrêta et se figea, pris de panique. La machine, délaissant l'incendie, arrivait à une vitesse surprenante et stoppa dans un grincement, presque exactement à l'aplomb de Pigeon City. Allen pouvait pratiquement entendre ronronner et cliqueter les ordinateurs. Dans leur direction, une échelle commença à se déployer et à son extrémité était fixée une lance d'incendie. La foule était pétrifiée. Tous les yeux étaient braqués sur cette lance. « Du gaz », souffla une voix anxieuse.

L'échelle se dépliait sans heurt, elle cherchait avec sagacité à atteindre le toit d'où avaient été lancées les briques. La mécapompe était programmée pour embarquer les dissidents, l'incendie faisait rage, hors de tout contrôle.

« Battez-vous ! Battez-vous ! » cria Allen. Il arracha du parapet une brique mal ajustée et la lança. Elle heurta l'échelle dans son ascension et ricocha, inoffensive, dans la rue en contrebas. « Battez-vous ou soyez extraits », tonna-t-il. Ce fut la goutte d'eau. Un citoyen se jeta dans la mêlée, puis un autre. L'échelle hésita sous le feu des bouteilles et des briques. La lance commença prématurément à expulser du gaz alors qu'elle était encore à quelques étages du sommet. L'échelle oscilla tel un cobra. Les acclamations fusèrent. C'était la première fois qu'une machine était ralentie dans sa course, mais elle revint à la charge. Tout le monde savait qu'elle finirait par les avoir à moins d'être mise entièrement hors de combat. Le bombardement se fit vraiment sévère, les tireurs d'élite du groupe prenant le temps de viser avant de lancer les projectiles de toutes tailles qu'ils parvenaient à dénicher.

Curtiss attira l'attention d'Allen d'une petite tape sur le dos. Allen se retourna et les deux amis se dévisagèrent en cet instant critique.

« Aide-moi, dit simplement Allen, aide-moi ».

Curtiss lui fit un signe et ils traversèrent tous deux la foule des combattants survoltés. Allen s'arrêta quand ils atteignirent le pigeonnier de Curt ; il comprit aussitôt. Ils se placèrent derrière la cage et soulevèrent de toutes leurs forces. Le pigeonnier vacilla légèrement, mais il fallut l'aide de plusieurs autres pour qu'il se mette à bouger. Grâce à un effort massif et coordonné, l'énorme cage finit par céder. Elle se renversa sur l'un de ses flancs, entraînant les piaillements et les protestations des oiseaux restés dedans. Des plumes voletèrent à l'intérieur de l'enceinte de plastécran. Les hommes continuèrent à pousser la grosse cage qui fendit la foule en basculant d'un pan sur l'autre, laissant derrière elle une traînée d'éclats de plastibois.

Enfin, le pigeonnier était en position sur le bord du toit. L'échelle était à quelques mètres et continuait son ascension, le véhicule d'incendie en bas essuyait le bombardement de briques et de bouteilles. Chacun pouvait entendre cliqueter les capteurs tandis que l'échelle explorait et tâtonnait. La lance cracha un gaz épais et jaune.

Trois hommes commencèrent à ébranler le pigeonnier. Ils crièrent : « Un ! » La cage bascula un peu puis revint en arrière. Ils la retinrent et poussèrent à nouveau. « Deux ! » L'énorme pigeonnier s'inclina fortement au-dessus du vide et glissa un peu avant de revenir une nouvelle fois en place. Ils crièrent : « Trois ! », et les pigeons s'en allèrent pour toujours. Tout le monde accourut pour regarder l'énorme pigeonnier disparaître par-dessus le parapet, fracasser l'échelle montante et aller s'écraser en bas, en plein sur la machine.

Au passage, il arracha deux cordes à linge et lorsqu'il atteignit la machine dans la rue, ce n'était plus qu'une gigantesque caisse enveloppée dans une volée de draps et entourée d'une nuée de vêtements divers. Les cordes sectionnées cinglaient l'air tout autour et il s'abattit sur le véhicule d'incendie dans un fracas assourdissant, l'écrasant sous son poids colossal.

Une machine avait été vaincue. Le grondement des flammes faisait maintenant l'effet d'une berceuse. La rue était soudain devenue silencieuse. Une machine avait tenté de les avoir et ils l'avaient stoppée. « Mon Dieu », murmura quelqu'un, et tout le monde se retourna en sursautant.

Le feu semblait brûler avec une intensité renouvelée. Il dévorait et progressait, ravageait et détruisait sans entraves.

Tout le monde descendit en courant jusqu'au véhicule paralysé. Il gisait là, tout fumant et cabossé ; l'explosion d'allégresse confina à la folie. La foule libérée se jeta sur la machine neutralisée et commença à en arracher des morceaux en courant et en dansant. Allen atteignit la rue un peu après tout le monde et c'est en vain qu'il alla en boitillant d'une personne à l'autre pour les supplier d'arrêter. La foule riait et faisait la fête sans faire attention à lui.

Curtiss était un héros. Le feu avançait en rugissant et rien ne pouvait plus l'arrêter désormais ; du plastique fondu se mit à ruisseler dans la rue. C'était comme de la cire liquide. Il commença aussitôt à durcir. Les enfants firent des boules avec la matière en train de refroidir et les rejetèrent dans le feu, puis se prirent les uns les autres pour cible en riant.

La jubilation était grande ; pourtant Allen allait en clopinant d'un homme à l'autre. « Arrêtez ! hurlait-il ! Ne restez pas dans la rue ! » Il était hors de lui, mais les gens ne l'écoutaient pas. Il en perdait la voix.

Il repéra Curtiss. Celui-ci était assis sur le trottoir sous les ombres vacillantes. Dans ses mains, il tenait un oiseau blessé et mourant. Allen se fraya un chemin jusqu'à lui et le prit par l'épaule. Curt leva doucement les yeux, mais ne sembla pas le voir.

« Curt, Curt. Je n'arrive pas à les arrêter. Ils ne veulent rien entendre. » Son visage était tordu par la peur et l'émotion. Quelque chose dans le ton de sa voix atteignit Curt qui se leva lentement, laissant le pigeon sur le sol à côté de lui.

« Entendre quoi ? » demanda-t-il à voix basse.

« Les sirènes, mec. Les sirènes. Les fourgons arrivent ! »

Curtiss tendit l'oreille et écouta attentivement. Aucun doute, par-dessus le bruit du feu et les rugissements de la foule en délire, on percevait au loin la plainte grandissante de nombreuses sirènes. Les fourgons anti-émeutes. Lentement, il se tourna vers Allen.

« Écoute, Curt, il faut que… »

Mais Curt n'écoutait plus. Il serra le poing et l'envoya soudain de toutes ses forces vers Allen, qui le reçut dans le creux de l'estomac et s'effondra, plié en deux, le souffle coupé.

« Tu es allé trop loin, lança Curtiss. Tu parles trop, tu parles toujours trop. » Il arma son pied. Il tremblait de haine et de peur.

Quelqu'un le repéra et accourut vers lui. C'était Franklyn, heureux comme un poisson dans l'eau à la lueur dansante de l'incendie. « Curtiss, qu'est-ce que tu fais, frérot ? Il triturait dans sa bouche son éternelle sucrerie jaune citron. Mais qu'est-ce que t'es en train de faire ? » Il éclata de rire et saisit Curtiss pour le détourner d'Allen.

« Ce que je suis en train de faire ? Curtiss repoussa Frank. Écoute, frérot. Écoute et dis-moi ce que je suis censé faire ? » Ils écoutèrent tous deux attentivement ; à ce stade, les sirènes des mécavans étaient beaucoup plus proches. « Non », souffla doucement Franklyn.

Mais il fallait bien se rendre à l'évidence. Les sirènes étaient tout près désormais, on ne pouvait plus les ignorer, malgré le grondement et le crépitement du formidable brasier. Les uns après les autres, les hommes cessèrent de courir dans les rues et bientôt, l'avenue Lennox grouilla d'émeutiers pris au piège. Ils restaient là, rivés à leur place comme autant de pièces sur un jeu d'échecs. Penauds comme des enfants pris le doigt dans le pot de confiture. Le feu, tel un grand gyrophare rouge, les dénonçait. L'un deux le regardait comme s'il croyait pouvoir le faire disparaître. Un autre tenait à la main la cloche du défunt fourgon d'incendie et jeta à la ronde un regard sournois avant de l'enfouir sous sa chemise. Puis, lui aussi se figea, mais la cloche dorée de la machine lui échappa, tomba dans la rue et commença à rouler en direction du caniveau dans un triste bruit de métal.

Il n'y avait pas d'issue. On pouvait maintenant entendre les fourgons qui encerclaient le quartier. Curtiss fit demi-tour et s'éloigna. Il savait qu'il serait extrait comme les autres, mais il voulait être le plus loin possible d'Allen. Allen se força à se lever et lui emboîta le pas. C'était difficile de le suivre, à cause de son pied métallique, mais il redoubla d'efforts, se démenant pour ne pas être distancé, tout en l'appelant.

« Écoute-moi, disait-il, je t'en prie, écoute-moi. »

« Lâche-moi, Allen. Le ton de Curtiss était sans appel. Il gardait les poings serrés en balançant les bras. Je te préviens, mec, garde tes distances, ça suffit maintenant ! »

Allen pris une grande inspiration et lutta pour ne pas perdre de terrain. « Juste trois mots, frérot, dit-il en haletant, accorde-moi encore trois mots, s'il te plaît. »

Curtiss était furieux, mais il se tourna et attendit Allen, le regard noir. Quand celui-ci le rattrapa, il avait l'air d'un fou à la lumière des flammes ; les gens autour d'eux, comme pétrifiés, attendaient, sans défense, d'être embarqués comme du bétail.

« Si tu crois vraiment pouvoir changer quoi que ce soit à tout ça en trois mots, vas-y, je t'écoute », dit Curtiss, désabusé.

Allen plongea la main dans son dashiki et en sortit deux masques à gaz. Une lueur démente passa dans ses yeux. Il dit : « Cheval de Troie ».

Les effets du gaz commencèrent à se dissiper. Un à un, les membres du groupe de Pigeon City se réveillèrent. Franklyn s'étira et bâilla; Allen était debout devant lui, les mains sur les hanches.

«Bonjour, la Belle au bois dormant», dit-il. Franklyn lui lança un regard menaçant et fouilla dans sa poche à la recherche d'un morceau de sucre d'orge avant de lui répondre.

«Où sommes-nous? Quelle heure est-il?» marmonna-t-il en exhalant un parfum de citron. Il s'assit et regarda autour de lui. Il se trouvait sur un lit de camp au milieu d'une quantité de lits de camp, tous occupés par les gens de Pigeon City.

«Tu sais très bien où on est. Allen se fit volontairement hostile. Ce n'est pas l'heure qu'il est qui t'intéresse, ce qui t'intéresse, c'est combien de temps tu es resté dans les pommes. Et qu'est-ce qui te fait croire que j'en sais quelque chose, de toute façon ? Je croyais que j'étais un imbécile. »

« Il suffit de te regarder, rétorqua Franklyn. Si vous vous voyiez, toi et ton pote, là-bas, même pour vous, ce serait clair que vous manigancez un truc. » Il désigna du menton Curtiss qui se tenait au milieu à compter les lits de camp.

« Tu as raison. Allen s'approcha de Franklyn. On manigance un truc, on a décidé de se prêter au jeu pour voir où ça nous mène. »

« Alors, ça nous mène où ? » Franklyn vit que la pièce était immense, au moins trois fois la taille d'un grand gymnase. Le sol était en plastibois et la lumière du soleil était filtrée par une série de fenêtres de style municipal qui s'étendait sur toute la longueur de la salle. Sous les fenêtres se trouvait une série de portes numérotées un, deux et trois. Les murs recouverts de carrelage faisaient résonner les voix comme dans une piscine couverte.

« Ça ne mène nulle part, dit Allen après avoir laissé à Franklyn le temps de s'habituer à leur environnement. Les fourgons nous ont amenés ici, tout automatisés et en douceur, comme il faut. Le gaz avait un peu dopé tout le monde… Vous étiez tous là, dans la rue. Personne dans les fourgons pour nous voir, Curtiss et moi, avec nos masques à gaz. Une voix comme dans les enregistrements de l'éduvision nous a dit de rentrer dans les fourgons et vous êtes tous montés dedans, bien gentiment. Quand on est arrivés, la voix nous a dit de descendre et on a marché bien sagement jusqu'ici... Tu ne te rappelles pas ? »

« Non, je ne me rappelle pas. » Franklyn se grattait la tête.

« Bon, peu importe. Curtiss compte les lits pour voir combien on est ici. C'est ce que nous étions en train de faire quand tout le monde a commencé à sortir des vapes. »

Le sucre d'orge de Franklyn raclait contre ses dents. « T'es vraiment un sacré numéro, frérot, tu sais ! » admit-il.

« Soixante-seize exactement ! » annonça Curtiss depuis l'autre côté de la pièce et il revint à grandes enjambées vers Allen et Franklyn.

« Merci », dit Allen.

« Merci ? cria Franklyn et sa voix résonna dans la grande salle vide. Mec, tu crois vraiment qu'on va coopérer avec toi. C'est à cause de toi qu'on est là, d'abord. » Les gens commençaient à se rapprocher, attirés par le tumulte, toujours prompts à réagir au moindre parfum de controverse. Franklyn se tourna vers eux et prit la parole.

« Écoutez, tous, cette fois ça y est, on a été extraits ! On s'est fait prendre et on sait qui est le responsable... »

Allen se précipita sur Frank et lui fit faire demi-tour. « Qu'est-ce que tu fais ? hurla-t-il. On doit se serrer les coudes. On ne peut plus se disputer. Il se tourna vers les gens. Gardons notre calme, je vous en prie, pour une fois, et nous arriverons... »

« Quand est-ce que tu vas la fermer ? », demanda une voix pleine de dégoût tout au fond.

« Ouais, ajouta quelqu'un, on n'aurait jamais dû t'écouter, dès le début. »

Le visage brun clair d'Allen s'assombrit. « J'ai essayé de vous avertir, tous, cria-t-il. J'ai dit : “Ne restez pas dans la rue, mettez-vous à l'abri, arrêtez, écoutez !” Mais non, il fallait que vous vous amusiez, il fallait que vous vous défouliez. Et ce serait moi le responsable ? Il concentra son attention sur Frank : Tu ne vois pas ce que je veux dire, frérot ? » demanda-t-il finalement.

Franklyn lui renvoya son regard. « Bien sûr que je vois, répondit-il, et je sais aussi pourquoi. »

« Espèce de gros-imbécile-bouffeur-de-citron ! brailla Allen. T'es persuadé que tu vois, mais tu vois que dalle, et t'en sais encore moins. »

Ils commencèrent à s'avancer l'un vers l'autre et des murmures d'excitation parcoururent l'assistance. Curtiss intervint.

«Ça suffit, dit-il calmement. Tout ça ne mène nulle part. On devrait être en train chercher une solution, pas un coupable.»

Frank plissa les yeux. «Mais j'étais parfaitement heureux, moi, avant...» Il s'interrompit, cherchant ses mots, tout en raclant le morceau de sucre contre ses dents du fond

«Évidemment que t'étais heureux, andouille, c'est exactement ça le but!» grogna Allen, et ils s'avancèrent, furibonds, pour combler le vide qui les séparait. À nouveau, Curtiss s'interposa et la foule commença à s'impatienter.

«Laisse-les se battre», dirent-ils en chœur.

Son rôle de pacificateur pesait à Curtiss. «Je n'ai pas l'intention de vous faire un discours ou je ne sais quoi, dit-il timidement. Je sais juste qu'on ne peut pas perdre notre temps à se quereller et à se bagarrer, c'est tout.»

Allen et Franklyn se regardaient en chiens de faïence et les gens les entouraient gaiement. Il allait y avoir de la bagarre. Du divertissement, de la variété, du conflit. Ils adoraient ça.

Pour Allen et Frank, il n'était plus possible de reculer désormais. Ils se mirent en garde et brandirent les poings.

« Vas-y, cogne-le ! » réclama le public. Mais Face de raisin sec se racla la gorge et le silence se fit dans la salle. Tout le monde se tourna pour l'entendre parler, avec ses joues bouffies et gonflées comme deux vieux sacs de papier kraft. Les gens tendirent l'oreille pour entendre le sifflement de sa voix. Enfin, elle fut prête.

« Je ne vois aucune différence entre la façon dont vous vous comportez ici et la façon dont vous vous comportiez chez nous, à Pigeon City ; vous êtes des enfants. » Quand, dans un râle, elle déploya sa cage thoracique pour prendre une bouffée d'air avant de poursuivre, sa canne chancela. Un silence mortel régnait dans la salle. Soudain, Franklyn lui fit face.

« Qu'est-ce que tu veux dire, "des enfants", rugit-il. En quoi es-tu si différente ? Je n'ai pas eu l'impression que tu restais en retrait ou que tu agissais différemment hier soir, pendant l'incendie, et tu ne m'as pas l'air très différente aujourd'hui non plus. » Il s'arrêta pour reprendre sa respiration et Face de raisin sec haussa les épaules et s'éloigna.

Cela rendit Franklyn furieux. « Ne me tourne pas le dos quand je m'adresse à toi ! » hurla-t-il, et quelques-uns, dans la foule, jetèrent un œil par-dessus leur épaule et regardèrent le plafond, comme s'ils craignaient qu'un tel tapage n'entraîne un châtiment venu d'en haut.

Face de raisin sec leva sa lourde canne et fit demi-tour.

«Tu ne me gueules pas dessus!» cracha-t-elle. Elle se mit à taper sur Franklyn avec son gros bâton noueux.

Franklyn se protégea le visage et la tête, se baissant et riant. La plupart des coups l'atteignirent aux bras et aux épaules. «Ouille, eh, aïe! Arrête!» Il gloussait comme un enfant.

Mais la vieille dame était d'une vivacité et d'une agilité surprenantes. «Pas tant que tu ne te seras pas excusé!» dit-elle essoufflée par la tâche. Le bâton sifflait et fouettait l'air en s'abattant sur le dos de Franklyn et en lui cinglant cruellement les coudes. La foule riait aux éclats, tout le monde s'amusait bien.

«D'accord, d'accord, je m'excuse», finit-il par dire. Face de raisin sec eut un grand sourire et retrouva son calme.

«On ne me manque pas de respect», marmonna-t-elle en réajustant sa robe.

La salle devint silencieuse. Personne ne paraissait inquiet hormis Curtiss, Allen, Franklyn et Face de raisin sec. Tous les autres agissaient simplement comme s'ils savaient que l'ordinateur ferait ce qu'il avait à faire et qu'il était inutile de résister.

Les quatre réfractaires, eux, déambulaient nerveusement dans la salle carrelée, se querellant ou discutant, sans cesser de faire les cent pas et d'étudier les lieux. Piaffant d'impatience entre les murs de cette pièce immense et froide, ils firent halte au beau milieu des soixante-seize lits de camp et eurent un échange animé. Puis ils se rendirent à l'autre bout de la longue salle, là où, un peu plus tôt, les prisonniers avaient fait leur entrée en titubant, et firent halte sous une espèce d'énorme tableau d'affichage suspendu au plafond. Ils parlèrent longuement sans parvenir à tomber d'accord. Allen voulait casser, détruire, unir les gens et s'appuyer sur cette force combinée pour s'évader, trouver les Blancs et les prendre par surprise. Il boitait frénétiquement de long en large, mais les autres étaient fatigués de l'entendre.

Pour Curtiss, il ne faisait pas de doute qu'une action radicale s'imposait, mais il avait envie de rester pour en apprendre plus. « Ça, c'est parce que tu ne peux plus retourner t'occuper de tes stupides piafs », dit Allen, risquant ainsi de perdre le soutien de son seul allié potentiel.

Franklyn mangeait ses friandises au citron tout en pestant entre ses dents contre « la grande gueule d'Allen », mais il restait avec le groupe des radicaux parce qu'il était convaincu que sa sœur était passée par cette même salle quand elle avait été extraite, et il savait d'instinct qu'il ne la retrouverait pas sans une attitude radicale ou, du moins, sans un comportement différent.

Comme toujours, Face de raisin sec était une énigme. Elle haletait et s'époumonait, et Allen la soupçonnait de ne rester avec eux que parce qu'elle les trouvait divertissants.

Il y eut un coup de sifflet strident comme ceux qu'on entend dans les enregistrements de l'éduvision sur l'ancienne Marine nationale. Curtiss regarda tout autour de lui. Ils s'attendaient tous à entendre une voix métallique annoncer : « Attention, message de service, attention, message de service, attention... »

Au lieu de cela, il y eut des exclamations et les gens se tournèrent vers le tableau au-dessus d'Allen, Frank et Curtiss. Face de raisin sec recula jusqu'au milieu de la salle et leva les yeux. « Venez ! » cria-t-elle. Allen et les autres la rejoignirent. Le tableau s'animait. Des informations s'y inscrivirent électriquement :

6 juin 2066... 76 dissidents...

Dix heures... Pigeon City...

112e et Lennox...

Ces informations une fois affichées, l'écran s'effaça. Le tableau émit un bourdonnement et des bruits secs. Allen réalisa que la plupart des gens étaient contents ; quant à lui, le ronronnement et les cliquetis de l'ordinateur lui étaient insupportables. Ils lui causaient presque à chaque fois une douleur dans le pied, un peu comme la pluie réveillait l'arthrose de Face de raisin sec.

Le tableau d'affichage prit à nouveau vie et une représentation électronique miniature des soixante-seize lits de camps installés au bout de la salle apparut. Allen et Curtiss échangèrent un regard sans rien dire. Franklyn gardait le silence et, pour une fois, même son sucre d'orge était immobile ; ils regardaient nerveusement s'afficher les instructions sous les soixante-seize lits.

« Se diriger vers les paillasses », énonça l'ordinateur à leur intention.

Un par un, puis par petits groupes de trois ou quatre, la foule errante et fatiguée rejoignit les couchettes. Chaque fois que l'un d'entre eux atteignait une paillasse, une silhouette humaine miniature recouvrait le symbole correspondant sur le tableau.

Allen se rendit compte que ça ne servirait à rien de rester en retrait ; en boitillant, il suivit les autres et prit place sur un lit de camp. Quand tout le monde fut en position, un sifflement menaçant commença à se faire entendre ; il provenait bien de quelque part, mais Allen n'était pas capable de dire d'où exactement. Il s'assit et vit que Curtiss se redressait lui aussi et jetait un rapide coup d'œil à la ronde. Leurs regards se croisèrent et, en même temps que leur parvint l'odeur de produit chimique, ils comprirent : du gaz !

Franklyn essaya de résister. Il voulait garder ses esprits, il voulait tout faire pour trouver

Irene, mais la sensation familière de froid intense se répandait dans sa tête et, pour la seconde fois en moins de vingt-quatre heures, il commença à cesser de s'en faire.

Allen se laissa retomber en arrière en se demandant pourquoi il se fatiguait à lutter. Pour Curtiss et lui, le gaz était une expérience nouvelle. Ils avaient été protégés par leurs masques en venant ici, mais maintenant, Allen se demandait « À quoi bon ? » ; une partie de son esprit s'en étonnait, mais sa volonté se laissait dévorer par une autre partie, qui grandissait et gagnait du terrain.

Des doubles portes basses situées sous le tableau d'affichage s'ouvrirent en claquant, mais Allen s'en fichait. Il se disait qu'il était peut-être en train de rêver, et si c'était le cas, ça n'avait pas d'importance. Pas vraiment. Pas même de voir que les portes s'étaient ouvertes pour laisser passer une petite machine de la taille d'un chariot qui fit son entrée dans la pièce en vrombissant et se dirigea droit sur les soixante-seize personnes allongées sans défense sur leurs lits de camp.

La machine commença à circuler d'un lit à l'autre. Allen la perdait parfois de vue, mais il pouvait l'entendre bourdonner et cliqueter tout en effectuant sa funeste ronde automatique. Son pied le faisait souffrir et il avait envie de se redresser pour se frotter les yeux, mais il était trop fatigué. Le petit monstre mesurait les tensions artérielles, faisait des piqûres et prenait ses virages en vrombissant comme une souris mécanique. Allen se demanda si les autres étaient conscients de ce qui se passait, puis il s'assoupit.

Il rêva que la machine remontait sa rangée de lits. Il essaya de s'éloigner, mais son corps ne répondait pas aux injonctions de son esprit. Elle s'arrêta à son niveau, toute vibrante et bourdonnante. Allen sentit son contact froid et répugnant tandis qu'elle le sondait ici et là avec précaution. Il ignorait ce que faisait cette chose et il craignait de se le demander car la réponse lui faisait peur.

Il se rendit compte qu'on lui avait injecté quelque chose.

Ses sensations revenaient. Il s'assit et se frotta les poignets. Curtiss aussi reprenait ses esprits et Allen s'aperçut que son ami était en train de rire.

« Qu'est-ce que tu trouves si drôle ? » demanda-t-il.

« Toi, frérot, répondit Curtiss du tac au tac. Toi et ton cheval de Troie. »

Il devait reconnaître que Curtiss n'avait pas tort. Après tant d'efforts pour éviter de se laisser droguer, le voilà qui reprenait conscience comme les autres. Il sourit et acquiesça, mais il essaya presque aussitôt de reprendre le contrôle de la situation.

« Combien de temps avons-nous perdu conscience, d'après vous ? » demanda-t-il à la cantonade. Personne ne répondit. La machine médicale avait terminé et franchissait les portes à l'autre bout de la salle.

Le tableau s'alluma, la date et l'heure s'affichèrent ; Allen s'écria : « C'est quoi le score ? » Les gens ricanèrent. Les soixante-seize paillasses réapparurent sur l'écran, et, au moment où ils levèrent les yeux, un rond vert se forma autour de trois d'entre elles. Allen se leva et la silhouette recouvrant l'un des lits de camp entourés s'évanouit, aussitôt remplacée par un numéro trois jaune.

Il restait deux silhouettes entourées de vert. En comptant à partir du lit qu'il venait de libérer, Allen put déterminer où elles étaient situées. Deux rangs plus loin et à un lit d'écart. Il se dirigea vers Franklyn.

« Ne t'approche pas de moi, sérieusement ! » grommela ce dernier.

Allen haussa les épaules et alla au dernier lit de camp affublé d'un rond vert. Curtiss était prêt. Il bondit sur ses pieds et s'étira. Sur l'écran, la petite forme humaine sur sa paillasse s'éteignit en clignotant et un numéro trois jaune prit sa place.

« C'est quoi son problème, à Candyman ? » demanda Curtiss.

Allen regarda son ami et éclata de rire. « C'est maintenant que tu te poses la question ? »

Curtiss dit : « On doit y aller si on veut comprendre ce qui se passe, non ? »

« Oui, répondit Allen. Cheval de Troie. »

« Voyons si quelqu'un d'autre ne prendrait pas sa place. »

Face de raisin sec s'extirpa de sa couchette et rejoignit les deux hommes. « Moi », dit-elle.

Franklyn refusa de coopérer. Allen voulait le convaincre de s'installer à la place de Face de raisin sec, mais il ne voulait rien savoir. Finalement, la vieille dame se planta devant lui et leva sa canne, l'obligeant à réagir. Il alla jusqu'au lit de camp de Face de raisin sec et s'assit sur le bord. Une silhouette réapparut sur son emplacement ; les trois lits entourés de vert apparaissaient désormais comme vacants et barrés du même numéro trois jaune. Un déclic se fit entendre du côté de la porte numéro trois et Curtiss marcha lentement jusqu'à celle-ci. Elle s'ouvrit quand il la toucha. Allen et Face de raisin sec le rejoignirent cahin-caha.

Ils s'arrêtèrent devant la porte et jetèrent un regard en arrière.

«Je croyais que Frank voulait retrouver sa sœur», dit Curtiss.

«Il la retrouvera peut-être, dit Allen d'une voix étrangement chagrine. Lui seul peut décider comment s'y prendre. Irene le trouvera ou ce sera l'inverse...» Son ton se voulait confiant, mais il savait qu'il ne trompait personne. Devant eux s'étendait un long couloir à la lumière froide.

«Bonne chance», lança quelqu'un dans le groupe de ceux qui restaient. À cet instant, les gens de Pigeon City étaient plus unis qu'ils ne l'avaient jamais été.

Le trio salua d'un geste de la tête ou de la main, s'avança dans le couloir et la porte se referma brusquement derrière lui.

Sur le tableau, les trois lits entourés de vert disparurent.

L'écran s'effaça à nouveau et un film commença. Un homme blanc souriait au public de toutes ses dents. «Félicitations!», s'écria-t-il, et quelqu'un dit : «C'est le type de Miss America!»

«Ce groupe a été évalué et il me semble qu'il reste maintenant... L'écran s'éteignit et l'ordinateur afficha un «73» énorme. Puis, le film reprit aussitôt : … d'entre vous. C'est bien ça ?» Le joyeux présentateur marqua une pause en regardant la caméra bien en face, l'air grave.

«Oui, c'est ça !» cria quelqu'un, et l'homme au visage souriant reprit la parole :

«Nos ordinateurs ont déterminé que ce qui vous convient le mieux est…» Le film s'arrêta une fois encore et, sur l'écran, l'ordinateur afficha les mots «Agriculture. Travail à la ferme.»

«Bon. Le présentateur mit de côté la liasse de feuilles qu'il avait à la main jusqu'ici. Y en a-t-il parmi vous (surtout, n'ayez pas peur de le dire) qui ne souhaitent pas y aller ?» La question, dans sa bouche, avait plutôt l'air d'une affirmation, aussi les gens se regardèrent-ils nerveusement pendant que son visage s'effaçait lentement de l'écran et que le film prenait fin.

Le motif désormais familier des paillasses munies de leurs petites silhouettes réapparut sur le tableau d'affichage. Franklyn en était convaincu, où que sa sœur se trouve, il y avait peu de chance pour qu'elle ait accepté d'être envoyée dans une ferme. Il respira profondément et se dressa sur ses pieds.

Sa silhouette disparut et une horrible croix rouge commença à barrer la couchette libérée. La croix achevée, un chiffre deux de couleur jaune apparut.

La salle était silencieuse. Franklyn s'humecta les lèvres et se mit en marche vers la porte. Celle-ci s'ouvrit dès qu'il la toucha et il la franchit sans jeter un regard en arrière. Quand la porte se referma derrière lui, il entendit redémarrer la voix du vibrant présentateur et les quintes de toux embarrassées de l'assistance. La voix retentissante et cordiale faiblissait peu à peu à mesure que Frank progressait dans le couloir numéro deux. Il put l'entendre s'interrompre une fois ou deux, aux moments où, il le savait, l'ordinateur affichait quelque instruction particulière.

Il savait que sa sœur n'aurait jamais rejoint une ferme. Elle aurait été folle d'accepter cette idée.

« Pas Irene », se dit-il à voix basse.

Il se rendit compte qu'il n'avait jamais vu une personne blanche ailleurs que sur l'éduvision et il se demanda ce qu'il allait trouver au bout du couloir numéro deux. Il commençait à se dire qu'il aurait dû suivre Allen et les autres.

« Tu crois qu'on a bien fait ? » demanda doucement Curtiss. Ils étaient assis dans un vestibule au bout du couloir numéro trois.

« C'est bien le moment de se poser la question », gronda Face de raisin sec.

Curtiss regarda Allen boitiller jusqu'à la porte et tenter de l'ouvrir pour la quatrième fois. Elle était toujours verrouillée. Des sons qui ressemblaient à des machines de bureau leur parvenaient depuis l'autre côté. Ils n'avaient pas pu aller plus loin et ils s'efforçaient maintenant de faire preuve de patience. Allen faisait les cent pas en boitant et Curtiss contemplait ses mains.

La porte s'ouvrit et une grande et belle femme noire apparut de l'autre côté. Curtiss la dévisagea, les yeux écarquillés. Elle était maquillée et portait des bijoux. Des bracelets tintèrent à son bras lorsqu'elle les salua et leur fit signe d'entrer.

« Bonjour, venez », dit-elle en riant.

« Où est-ce que vous avez eu ça ? », demanda Curtiss en fixant les bracelets comme si la femme qui les portait n'existait pas.

La grande dame éclata de rire et dit : « On parlera de cela plus tard. En attendant, il y a ici quelqu'un qui veut vous rencontrer. »

Le groupe se leva, franchit la porte et suivit la femme sculpturale. Ils avaient beau fouiller dans leur mémoire, elle était la première personne étrangère à Pigeon City qu'il leur était donné de voir en chair et en os. Allen lui lançait des regards noirs, pleins de haine et de défiance, mais il suivait les autres en claudiquant. Les machines qu'ils avaient entendues derrière la porte close se révélèrent être des téléscripteurs. La pièce en était pleine et le sol paraissait vibrer sous les impulsions électriques.

Des Noirs compétents et graves s'affairaient parmi les machines. Ils portaient des salopettes blanches. « Attention où vous mettez les pieds », cria leur guide tandis qu'ils se frayaient un chemin à travers la pièce.

« Nous installons de nouveaux équipements », expliqua-t-elle. Les nouveaux arrivants hochèrent la tête tout en avançant. C'était la première fois qu'ils voyaient des hommes travailler avec des machines. Allen ne parvenait pas à se détendre.

« Où est-ce que vous nous emmenez ? » demanda-t-il.

« Vous verrez », répondit la belle femme. Son sourire était éclatant. Allen grommela et elle sourit de plus belle.

« Comment vous appelez-vous ? » demanda Curtiss.

« Oh, pardonnez-moi, dit-elle. Mon nom est Carol. »

Allen fusilla Curtiss du regard, mais Curt l'ignora. La salle des téléscripteurs débouchait sur un long couloir et Carol fit halte devant une série d'ascenseurs.

Celui qu'ils prirent s'arrêta au dix-septième étage où le groupe pénétra dans un grand bureau ensoleillé. Derrière une immense table, Irene était assise. Elle était en train de parcourir des documents, et quand Allen, Curtiss et Face de raisin sec entrèrent dans le bureau, elle se leva pour les accueillir. Les portes de l'ascenseur se refermèrent derrière eux et Carol disparut.

« Irene ! » cria Allen.

« Vous n'êtes pas vraiment surpris, si ? » dit-elle et ils éclatèrent de rire.

« Nous sommes heureux de te voir, déclara Face de raisin sec. Ton frère est ici quelque part et il est à ta recherche. »

« Je sais », répondit Irene.

« Ah bon ? » dit Curtiss en se dirigeant vers son bureau.

Pour toute réponse, Irene tendit à Curtiss un document imprimé. C'était la liste des noms des personnes de la 112e rue qui avaient été extraites. Allen regardait avec impatience par-dessus l'épaule de Curt. Ils virent leurs noms entourés de vert ainsi que celui de Franklyn.

« J'espérais qu'il vous suivrait », dit doucement Irene.

« Eh bien, il ne l'a pas fait. Il est toujours aussi entêté. »

« Je sais qu'il n'est pas allé à la ferme », soupira-t-elle.

« La quoi ? » Le visage d'Allen se déforma et il arracha le document des mains de Curtiss.

« La ferme, dit-elle. Je sais qu'il n'a pas pris la porte numéro un parce que j'ai la liste des noms de ceux qui l'ont fait. Elle posa la main sur une pile de documents. Il doit se trouver au numéro deux, mais nous sommes encore en attente de nouvelles. »

« De quoi est-ce que tu parles ? Allen posa les mains sur ses épaules et la regarda avec douceur. Et qu'est-ce que tu fais ici, d'ailleurs ? » Il plissa les yeux et retira brusquement ses mains avant de reculer. Son regard était devenu froid et il n'ajouta plus rien.

« Oh, non, dit-elle vivement. Allen, Curtiss, vous me connaissez. Vous pouvez me faire confiance. » Elle se tourna vers Face de raisin sec, mais la vieille femme évita son regard.

« J'aimerais bien trouver Frank pour l'aider, mais je n'ai pas réellement de pouvoir ici. Je fais circuler l'information, c'est tout. Je… J'endoctrine. » Elle regarda le groupe avec anxiété, mais personne ne dit rien.

Enfin, Curtiss demanda calmement : « Irene, où est ton frère ? Pourquoi a-t-il besoin d'aide ? »

« Nous savons qu'il a pris le tunnel numéro deux, parce que vous êtes arrivés par le trois et que vous êtes arrivés sans lui. Nous testons les nouveaux arrivants, et ceux qu'ils nomment les "créatifs" reçoivent le feu vert et sont envoyés ici. »

Allen secouait lentement la tête. Irene poursuivit :

« Le tunnel numéro un, c'est pour les travailleurs. Ils vont dans des usines, des fermes et ce genre d'endroits, et puis, finalement, ils sont recyclés et répartis dans les communautés compatibles.» Elle reprit son souffle et lança à ses vieux amis un regard plein d'ardeur. Ils se contentèrent de la regarder fixement.

«Et qu'en est-il du numéro deux?» sonda Face de raisin sec.

«Le numéro deux, c'est encore autre chose», répondit-elle, énigmatique.

«Ça on le sait! explosa Allen. Qu'est devenu ton frère?»

Les lèvres d'Irene tremblaient. «Allen, je… Je t'en prie, Allen, il faut que tu me fasses confiance.» Elle les regardait mais leurs visages étaient durs. Elle parut hausser les épaules et, dans un sursaut d'énergie, elle se ressaisit avant de continuer : «Tout ce dont je suis sûre, dit-elle, c'est que le couloir numéro deux est une sorte de course d'obstacles et que la zone numéro deux est une zone pénitentiaire. L'idée est que quand les gens du deux en ont fini, ils sont ensuite envoyés au trois ou au un. Tout est possible, mais je n'ai jamais rencontré quiconque ici, au trois, qui reconnaissait être passé par le numéro deux. Elle se tourna et marcha jusqu'à la fenêtre. J'allais intervenir quand j'ai appris ce qui se passait entre Frank et Face de raisin sec, mais…» Elle se tut et demeura le dos tourné, seule et toute petite.

Ses épaules tremblaient. Curtiss avait presque de la peine pour elle, mais tenter de la consoler, il n'en était pas question.

«Tu allais intervenir ?» repris Face de raisin sec.

«Oui, répondit Irene. Mais nous savions juste qu'il était entré dans le numéro deux ; il n'en est jamais ressorti, tu comprends ?»

Franklyn était seul et terrorisé. Il savait qu'il était censé avancer tout droit dans le couloir, mais pour se jeter dans les bras de quoi ? Quelque chose qui inscrit des croix rouges sur des lits ? Si l'ordinateur croyait qu'il allait faire ça, il allait être déçu. Franklyn décida de faire marche arrière.

Il s'arrêta et écouta à la porte par laquelle il était passé un peu plus tôt, mais il n'entendit rien. Il essaya de l'ouvrir, mais elle était scellée. Il s'assit et attendit. Il avait faim, mais il ne voulait pas manger. Il ne lui restait que quelques sucres d'orge et il entendait bien les économiser.

Enfin, il entendit des voix en provenance de l'autre bout du couloir. On venait le chercher ! Une échelle métallique était appuyée contre le mur sur lequel se trouvait une bouche de climatisation. Il escalada l'échelle et ouvrit la grille. Quand l'équipe de recherche atteignit son extrémité du couloir, Franklyn était couché derrière la grille et les observait. Ils étaient noirs comme lui, mais il ne trouva pas cela rassurant. Ils avaient quelque chose de différent, comme s'ils avaient une raison d'être. Il attendit et observa, sans oser respirer.

Finalement, les inconnus parurent satisfaits de leurs observations et Franklyn s'éloigna en rampant dans le conduit. Quand ils auraient épuisé toutes les autres possibilités et se lanceraient après lui dans les canalisations, il avait l'intention de se trouver bien loin, dans une autre partie du bâtiment.

Il progressa à quatre pattes pendant ce qui lui parut être des heures. Il n'avait jamais été aussi fatigué de sa vie. Son pantalon était déchiré et seule la peur de tomber entre de mauvaises mains le faisait avancer.

Pour finir, il eut l'impression que s'il devait ramper un centimètre plus, il deviendrait fou. Il n'avait qu'une envie, c'était de se mettre debout. Dans l'étroit conduit, c'est à peine s'il pouvait avancer à quatre pattes sans s'érafler le dos. Il se mit à chercher une issue.

Il y avait beaucoup d'ouvertures, mais elles débouchaient pour la plupart sur des zones extrêmement fréquentées ou sur des bureaux. Ça devenait de plus en plus difficile d'avancer sans se faire entendre. Une femme passa à côté d'une grille presque sous son nez. Elle sentait bon. Franklyn renifla, réfléchit et conclut qu'elle avait un parfum de fleurs. Il ferma les yeux et soupira. Quand il les rouvrit, la femme s'était arrêtée et regardait à travers la grille, droit dans sa direction !

Leurs regards semblèrent se rencontrer, puis elle pivota et continua à marcher comme si elle ne l'avait pas vu. Il attendit qu'elle soit hors de vue, puis, le cœur battant, il ouvrit la grille et sortit. Si cette femme l'avait vu, pourquoi était-elle partie ? Pour chercher de l'aide ? Évidemment ! Il ne pouvait pas rester là !

Il se mit à courir. Il ignorait où il allait et d'où il venait. Tout ce qu'il savait c'est qu'il était en train de courir.

Un homme en veste blanche surgit devant lui.

« Hé ! » cria l'homme, surpris. Mais Franklyn obliqua et s'enfuit dans une autre direction.

« Hé, Franklyn ! » cria l'inconnu.

« Ah, ils connaissent mon nom ! » se dit-il, et il redoubla de vitesse.

« Ta sœur est à ta recherche ! » entendit-il.

Il éclata de rire. « Il n'arriveront pas à me faire gober ça », se dit-il, haletant. Il lui semblait étrange que personne ne se lance à sa poursuite.

Il ne savait pas lui-même où il allait, comment auraient-ils pu le savoir, eux ? Il ne pouvait pas s'ôter de la tête qu'il était en train de se jeter dans une espèce de piège.

Irene entraîna Curtiss, Allen et Face de raisin sec hors de son bureau et, ensemble, ils empruntèrent le couloir tapissé de moquette. Elle allait d'un pas rapide et efficace, et sa jupe faisait « flap, flap, flap » quand elle marchait. Elle avait la tête haute, un sourire dansait dans l'air autour d'elle.

« Mince, murmura Allen à l'intention de Curtiss, on dirait qu'elle va se mettre à siffler. »

Curtiss acquiesça tristement. « Hé, Irene, l'interpella-t-il, qu'est-ce qui te met en joie comme ça ? »

« Je suis juste contente que vous soyez là », répondit-elle, radieuse.

« Contente qu'on soit là ? » Face de Raisin sec secoua la tête.

Le petit groupe continuait à avancer. Enfin, ils arrivèrent devant une énorme double porte.

Irene se retourna et s'arrêta. Les autres s'immobilisèrent à ses côtés.

« Oui, je suis contente, dit-elle d'une voix sincère. J'ai déjà fait ça bien des fois et c'est toujours la même chose. Tout le monde est suspicieux, au début. Quand vous aurez vu ce que nous allons vous montrer là – elle fit une pause et tapota la porte, l'air sûr d'elle-même –, ce ne sera plus pareil. »

« Irene, tu n'arrives même pas à retrouver ton propre frère… » Curtiss s'interrompit, mais il était trop tard. Les lèvres d'Irene se mirent à trembler et se yeux commencèrent à briller. Face de raisin sec avait baissé les siens sur la moquette.

Allen intervint : « Tu comprends ce qu'il veut dire, Irene. Tu voudrais qu'on te fasse confiance, mais tu parais avoir changé du tout au tout. Jamais tu ne t'habillais comme ça, avant. Aucun de nous ne le faisait. Tu portes des bijoux, du maquillage. Tu as l'air si enjouée et insouciante. Tu sembles avoir tout oublié. Je pensais que tu serais de notre côté quoi qu'il arrive. Tu es en position d'agir avec nous, de nous aider, mais au lieu de ça, tu… » Il s'étrangla et bafouilla.

« Tu voudrais qu'on te fasse confiance », acheva Face de raisin sec, tristement.

La main d'Irene glissa de la porte et retomba contre sa hanche : « Ça m'attriste que vous pensiez que je travaille pour les Blancs, dit-elle. Heureusement, je peux vous prouver à quel point vous avez tort. Malheureusement, c'est vous, les gars, qui avez tout oublié. Je n'ai jamais changé de camp. Vous êtes tellement prévisibles, quel dommage !

Elle fit demi-tour et regarda Allen droit dans les yeux : Comment as-tu pu oublier ? » demanda-t-elle avec lassitude.

Allen baissa la tête et ne répondit pas.

« Les gens changent, Irene », marmonna Curtiss.

« Tu as bien raison ! » répliqua-t-elle. Puis elle poussa brusquement les portes.

La bibliothèque était sans aucun doute la chose la plus impressionnante qu'ils aient vue depuis leur arrivée. Grande, somptueuse, regorgeant d'équipements et de concepts dernier cri, ses dimensions à elles seules leur coupèrent le souffle. Elle paraissait aussi longue et aussi large qu'un pâté de maisons. Curtiss fut le premier à entrer et ses pieds s'enfoncèrent dans une moquette très épaisse. Le sol s'inclinait en une pente très douce. Au loin, de l'autre côté de la salle, un immense écran d'éduvision était suspendu.

Le grand tableau faisait défiler des statuts et des rapports de données, les arrivées récentes, les numéros affectés ou demandés. Pour Curt, la plupart de ces chiffres et de ces informations ne voulaient rien dire. La salle qui s'étendait devant le tableau était remplie de fauteuils pivotants d'aspect confortable, rassemblés en grappes apparemment aléatoires de sept ou huit. Il y avait des boxes entourés de cloisons basses, mais de toute évidence, tous les fauteuils du parterre incliné pouvaient être orientés face au grand écran, qui ne faisait pour le moment que clignoter et cliqueter dans l'indifférence quasi générale. De temps à autre, un homme ou une femme noire à l'air sérieux levait les yeux en direction du tableau et notait quelque chose, mais presque tous les visages, qu'ils soient noirs, bruns ou jaunes, étaient rivés à l'un des petits écrans individuels éparpillés dans la pièce.

Curtiss s'aperçut qu'Allen était entré à son tour ; tous deux se tenaient sur le seuil de la bibliothèque, se sentant déplacés et maladroits. Les murs étaient bordés de rangées et de piles multicolores d'éducassettes. Ils se regardèrent, s'apprêtant à parler, mais il n'y avait rien à dire.

Ils prêtèrent l'oreille. Les ordinateurs ronronnaient doucement; la salle était pleine de machines à écrire de poche. Ils écoutèrent : on entendait le bruit de pages qu'on tourne, du papier qu'on froisse. Dans les boxes, les gens travaillaient avec des machines.

« Par ici, s'il vous plaît », dit Irene en passant devant eux d'un pas alerte. Sa voix était curieusement étouffée par la moquette, les cloisons et l'effet même de l'atmosphère veloutée.

« Allez », souffla Face de raisin sec, en emboîtant le pas à leur guide, appuyée sur sa canne.

« Inutile de parler à voix basse », dit joyeusement Irene. Elle donnait l'impression d'être chez elle, indifférente à l'opulence qui frappait tant les nouveaux venus. Curtiss éprouva un pincement d'envie ; c'était le même sentiment de jalousie que celui qui s'emparait de lui les longs matins d'été, sur le toit, avec ses pigeons.

Il regarda Irene qui choisissait un box et leur présentait des fauteuils. « Elle est tellement sûre d'elle », se dit Curtiss. Il réalisa que la remarque de Face de raisin sec était très pertinente, quand elle avait dit qu'ils se comportaient tous pour l'essentiel comme ils le faisaient toujours. Il regarda Allen et constata que son ami braquait des yeux furieux sur tout et tous autour de lui. Il savait qu'il était probablement en train de manigancer quelque chose en ce moment même. Et il se souvint de la façon dont il s'était lui-même détourné d'Irene, dans le couloir, en marmonnant : « Les gens changent... »

« Est-ce que c'est vraiment le cas ? » interrogea-t-il soudain à voix haute, et Irene jeta un coup d'œil dans sa direction. Il avait perdu une amie. Peut-être qu'elle comprendrait ; il était effrayé, le cadre, tellement inhabituel...

«S'il vous plaît, prenez place», dit Irene sur un ton officiel. Face de raisin sec s'assit avec empressement. Son fauteuil fit un «pfouf» qu'elle accueillit d'un sourire édenté.

Irene les laissa dans le box. «Je reviens tout de suite», dit-elle. Tout soupçon de légèreté et d'enjouement avait disparu de sa voix. Curtiss baissa la tête, honteux, tandis que les autres croisaient les mains sur la table.

Irene revint avec trois ou quatre cassettes. S'emparant d'un fauteuil en bout de table, elle dit : «J'aimerais que vous regardiez celles-ci, vous verrez qu'elles se passent d'explication.» Elle avait la voix d'une présentatrice de l'éduvision et Curtiss avait envie de pleurer.

Un sifflement léger se fit entendre et partout dans la salle, des centaines de fauteuils émirent un bruit sec quand les gens se tournèrent face au grand tableau. La bibliothèque prit l'aspect d'un auditorium. Curtiss et le reste du groupe suivirent le mouvement. L'écran s'éteignit, resta ainsi un instant avant de se rallumer en clignotant. Un corridor apparut. Il était étroit. Les murs paraissaient de métal. Un gaz jaune épais du même type que celui utilisé lors des extractions sourdait en bouillonnant du sol du corridor et s'élevait en volutes diaboliques. Allen et les autres froncèrent le nez au seul souvenir que leur évoqua cette image.

La caméra semblait faire le point sur une silhouette sombre perdue dans le brouillard de gaz. Il n'y avait aucun son, seulement l'image de plus en plus nette de ce qu'il découvrait maintenant être un homme. Il était sur une échelle. Agrippé à une échelle, cherchant à atteindre quelque chose au-dessus du nuage de gaz couleur moutarde. Son visage, quelque chose dans la panique qu'exprimaient ses yeux, n'était pas tout à fait normal. Quelque chose… de la concentration. Cet homme pris au piège ne renonçait pas : terrifié, mais invaincu…

Curtiss fut le premier à reconnaître Franklyn. Il sauta sur ses pieds et regarda, impuissant, tandis que le fugitif, suspendu à l'échelle, cherchait à atteindre ce qui ressemblait à une fleur de cuivre à l'envers au milieu du plafond. Il s'étirait autant qu'il pouvait. Il tenait dans sa main une allumette enflammée. La flamme était terriblement petite.

« Qu'est-ce qu'il fait ? » cria Curtiss.

« Il essaye de déclencher le système d'arrosage », dit doucement Allen depuis son fauteuil.

Le gaz continuait à s'élever. Franklyn se tourna vers la caméra et parut crier quelque chose. Soudain, il lâcha son perchoir et disparut dans le furieux tourbillon de vapeurs jaunes.

L'écran s'éteignit. Un soupir collectif parcourut la salle et le tableau recommença à diffuser ses informations. Les fauteuils pivotants claquèrent à nouveau quand chacun reprit sa position. Allen se tourna vers celui d'Irene. Il était vide.

Curtiss examina les cassettes qu'Irene avait laissées sur la table. Elles étaient ficelées ensemble à l'aide d'une plastibande de trois centimètres de large où étaient imprimés les mots « Extractions de masse ». Chaque bobine portait le nom d'un quartier. « Bedford Stuy » était l'une des plus anciennes. « Harlem » était la plus récente.

« Regardons la cassette sur Harlem », lança Face de raisin sec quand le paquet lui passa entre les mains.

« Tu sais comment faire marcher ce truc ? » demanda Allen.

«Je vais vous l'installer.» Une voix surgie de derrière s'était immiscée dans le groupe. Ils pivotèrent sur leurs fauteuils et Carol les salua d'un sourire en s'emparant des cassettes.

«Irene est allée chercher son frère. Sa place est au numéro trois, avec nous», confia-t-elle alors que leur écran affichait des images de l'émeute de la nuit précédente. On pouvait voir le pigeonnier de Curtiss fracassé sur la mécapompe. La rue grouillait de visages familiers. Ils revirent le pillage et le saccage, le feu et, enfin, les gens, à l'exception de deux d'entre eux, tétanisés par la peur ici et là, l'arrivée des mécavans et la voix off du narrateur blanc scandant sur un ton hypnotique : « Tel est le destin des insatiables, des ignorants, des fauteurs de troubles… » La cassette prit fin.

«Sale Blanc», chuchota Allen et Carol sourit.

«Ne rejetez pas la responsabilité sur les Blancs», dit-elle.

«Qui est responsable, alors? Nous?»

«Non, Allen, répondit Carol, pourquoi faudrait-il que quelqu'un soit responsable?»

«Vous plaisantez, je suppose?», commença Curtiss. Mais Allen lui posa la main sur le bras.

«Ne te fatigue pas à lui répondre, mec», dit-il.

Carol sourit patiemment. « Savez-vous combien d'emplois l'ancien système de la semaine de trente heures a créés dans les villes, au tournant du siècle ? »

Allen la regarda comme si elle était folle.

« Vous savez qu'il y avait plus de projets de création d'emploi que d'emplois réels, n'est-ce pas ? Et vous savez aussi que les villes s'effondraient, non ? Les gens se retournaient les uns contre les autres, s'accusaient les uns les autres. Rien ne pouvait les en empêcher. C'était et c'est toujours dans leur nature. »

Allen trépignait d'impatience dans son fauteuil, mais c'était plus qu'il pouvait en supporter : « Dans leur nature ! hurla-t-il. Vous ne croyez pas que ça suffit ? Mais qu'est-ce qui se passe ici ? Dites-le-nous. » Il tapa du poing sur la table et les gens des boxes voisins s'arrêtèrent pour regarder avec une espèce de curiosité amusée. Il leur adressa des regards furibonds.

« Vous êtes censés faire quoi, au juste ? » dit Allen, tendant soudain le bras par-dessus la cloison d'un box pour s'emparer d'un bloc-notes avant que sa victime éberluée ait le temps de réagir.

Il commença à feuilleter les papiers de l'homme et il constata avec satisfaction que de plus en plus de gens avait tourné leur fauteuil pour regarder. Il jeta à Curt un regard malicieux, et Curtiss était presque sûr d'apercevoir dans ses yeux une étincelle de jubilation secrète.

Carol fit un signe de la tête à l'homme dont Allen avait pris le bloc-notes et il sourit d'un air las avant de se retourner pour se remettre à son travail. Dans toute la salle, tout le monde reprenait ses activités. Allen se tint là, seul et stupéfait, pendant quelques secondes, puis il se laissa tomber dans son fauteuil, étreignant toujours le bloc-notes.

« Allen, je vous prie, soyez patient », commença Carol.

« C'est quoi, cet endroit ? » marmonna-t-il.

« Notre bibliothèque. » Elle croisa les bras et attendit.

« Vous faites quoi, ici ? » Il levait les yeux vers elle comme un enfant.

« Nous recevons des enregistrements et nous les conservons, nous les annotons et nous en effectuons des copies, et nous en rédigeons les scripts. »

Allen plissa les yeux et regarda Curtiss. Ce dernier avait les yeux écarquillés.

« Nous savons quelle approche fonctionne le mieux puisque nous sommes passés par là nous aussi », dit Carol d'un ton patriotique.

« Sorcière », souffla Allen.

« Si les gens sont contents de vivre dans le ghetto, nous les laissons tranquilles. Mais ceux qui ne se laissent pas faire, qui ne veulent pas rester dans leur secteur, qui génèrent des problèmes, nous les faisons venir et nous les testons. »

« Sorcière », dit Allen un peu plus fort. Ses yeux devenaient brûlants.

Carol s'interrompit et le regarda calmement : « Une telle haine, c'est fascinant », murmura-t-elle, admirative.

Allen se redressa dans son fauteuil et la fixa sans la voir.

« Voudriez-vous que je vous montre un autre enregistrement ? » proposa-t-elle. Elle n'attendit pas la réponse. Le petit écran d'éduvision brillait à nouveau. Curtiss et Face de raisin sec le regardaient. Allen pivota avec raideur pour faire face à l'écran.

Des troubles quelconques s'étaient produits. La caméra montrait l'ossature calcinée d'un immeuble fumant qui semblait avoir été un théâtre. Un panneau de rue indiquait qu'on se trouvait à l'angle du Queens Boulevard et de la 71ᵉ avenue. Des gens se tenaient debout, les bras ballants, attendant bêtement d'être rassemblés. Les mécavans habituels se trouvaient là, portes ouvertes.

Curtiss eut un frémissement involontaire, puis il regarda, se frotta les yeux, regarda à nouveau. Ces gens étaient blancs ! Il ne s'en était pas aperçu tout de suite, peut-être parce qu'il était plus ou moins conditionné à voir des Blancs à l'éduvision, peut-être parce qu'il était tellement habitué à la trame des programmes de renforcement négatif, mais toujours est-il qu'ils étaient là, des Blancs. Et on était en train de les extraire ! Une narratrice commença à parler hors caméra. C'était la voix d'une femme noire et elle disait : « Tel est le destin des insatiables, des ignorants, des égoïstes… »

La cassette s'acheva. Curtiss resta un instant immobile, abasourdi, puis il dit : « Cette voix, cette voix me dit quelque chose… » Il leva les yeux au plafond.

Carol éclata de rire. « J'ai toujours voulu être une actrice », dit-elle comme si elle avouait un charmant secret.

« Où est-ce qu'on emmène les Blancs ? » demanda timidement Face de raisin sec.

Carol observa un silence et s'humecta les lèvres. Elle prenait visiblement plaisir à son rôle de guide et de narratrice. « Des installations distinctes, mais identiques, à Long Island City », déclara-t-elle. Ses yeux étincelaient de fierté.

Allen se leva, le regard perdu dans l'espace. « Jamais, murmura-t-il. Jamais, je ne cautionnerai tout ça. » Ses yeux se vidèrent de toute expression.

Curtiss regarda Carol avec inquiétude. « Est-ce qu'il va s'en remettre ? » demanda-t-il.

« Bien sûr qu'il va s'en remettre, dit-elle sèchement. Vous qui êtes son meilleur ami, vous devriez le savoir. »

« Ah bon ? » murmura Curtiss.

Allen les regardait tour à tour de ses yeux vides.

« Vous savez qu'il s'en remettra, reprit Carol, patiemment. Nous n'avions pas la moindre idée qu'il allait faire sauter tout un pâté de maisons et déclencher une émeute, mais nous le surveillions depuis longtemps. Nous avons ici toutes les installations dont Allen et les créatifs dans son genre ont besoin. »

Les sourcils d'Allen se soulevèrent, mais il ne dit rien.

Carol le regarda et eut un sourire satisfait. « Oui, poursuivit-elle. Des équipements, des réserves pleines d'informations, des assistants, et je pourrais continuer comme ça longtemps. »

«Je peux faire ce que je veux ?» interrogea soudain Allen.

« Bien sûr, répondit Carol. Vous pouvez même retourner dans votre ghetto et essayer de libérer les gens qui vivent là-bas, si ça vous chante. Vous seriez envoyé quelque temps à la, comment dit-on déjà ? La ferme ? Mais vous pouvez y retourner, ou vous pouvez rester ici. »

Allen parut indécis. Carol posa les mains sur ses épaules et le regarda droit dans les yeux. « Nous avons besoin de vous, Allen, dit-elle. Nous avons besoin de votre détermination, de votre énergie, pour nous aider à diriger cette ville. Vous êtes un leader et nous vous voulons dans notre équipe. Pouvez-vous rester pour nous aider ? »

Curtiss n'en était pas certain, mais il crut voir Allen faire un rapide clin d'œil avant de répondre. « Oui », dit-il enfin.

Synchronique du texte

L'auteur

Jesse Miller est un peu un mystère ; le peu qu'on sait de lui ne fait apparemment l'objet d'aucune synthèse, que ce soit en ligne ou en librairie. En novembre 2021, le blogger étatsunien et passionné de SF rétro, « Joachim Boaz » (sciencefictionruminations.com), se penche sur trois nouvelles publiées par Miller et fournit à cette occasion de brèves informations sur l'auteur, informations recueillies dans les quelques revues qui l'ont publié à l'époque. Le reste doit être déduit des rares données circulant à son sujet sur internet et surtout des contenus disparates mis en ligne par Miller lui-même sur son site web (jivagoswamidasa.com), dans les années 2000.

En 1975, Jesse Miller se présente ainsi dans le volume 16 de la série d'anthologies de Damon Knight, *Orbit* : «Je suis Noir, j'ai vingt-neuf ans, j'ai une femme bonne et douce qui s'appelle Jean et je suis en train de perdre lentement la vue.» Miller est donc né en 1945 ou 1946, à Manhattan apprend-on sur son site, et il a grandi dans le Queens. Au hasard de recherches sur le web, on découvre que son nom de naissance n'est sans doute pas Jesse Miller, mais Bart Altschuh.

Après quatre ans passé sous les drapeaux, de 1963 à 1967, il quitte l'armée de l'air, ayant découvert qu'il était atteint d'une combinaison de dégénérescence maculaire précoce et de rétinite pigmentaire – ce qui ne l'empêche pas d'exercer quelques années comme chauffeur de taxi à New York. Trente-cinq ans plus tard, son site indique qu'il a formé, dans la région de la basse vallée de l'Ohio, en Virginie de l'Ouest, un groupe de soutien aux anciens combattants de tous les théâtres de guerre devenus aveugles (*blinded veterans*).

Son activité d'écrivain de science-fiction débute au début des années 1970. C'est à cette époque qu'il prend le nom de plume «Jesse Miller». Entre 1972 et 1979, il publie quatre histoires courtes de science-fiction : outre la nouvelle traduite ici, qui est aussi sa première, citons donc :

« Catalyst Run » (la rivalité entre deux opérateurs d'automotrices dans un monde post-apocalyptique), parue en mai 1974 dans *Analog*; « Phoenix House » (l'amitié entre un survivant et une mutante dans un monde post-atomique), publié par Damon Knight dans *Orbit 16* en avril 1975, et « Twilight Lives » (le destin d'un jeune illettré dans un monde post-énergies fossiles régi par des guerrières), que George R. R. Martin recueille dans *New Voices II*, en février 1979. Son site internet contient également deux nouvelles non datées (« By the Near Nose » et « Loka Blue Gum »). C'est tout, Jesse Miller semble n'avoir rien publié d'autre, en tout cas sous ce nom.

Pourtant, comme le relate George R. R. Martin dans son introduction à la publication de « Twilight Lives », Miller, qui a manqué de peu le prix John W. Campbell et dont « Catalyst Run » a fait la couverture d'*Analog*, « vient de terminer son premier roman et continue à écrire des formats longs et des formats courts ». On en est donc réduit aux conjectures quant aux raisons de sa disparition de la scène littéraire.

Remarquons qu'à l'époque où ses textes sont publiés, Miller fait partie des très rares auteurs de science-fiction noirs en Amérique du Nord, avec Octavia E. Butler (1947-2005), Samuel R.

Delany (1942-), John M. Faucette (1943-2003), Virginia Hamilton (1936-2002), ou encore Charles R. Saunders (1946-2020). Il n'est pas impossible qu'il se soit senti tenu à l'écart d'un milieu moins exempt de préjugés qu'on voudrait le croire. Pourtant, à l'en croire lui, si le fait d'être Noir peut inhiber les auteurs et autrices en herbe qui, par intériorisation de la domination, n'oseront pas soumettre leurs écrits, cela ne constitue pas un frein du point de vue des éditeurs de SF eux-mêmes, au contraire : « D'après mon expérience personnelle, écrit-il à une date indéterminée à l'attention d'un aspirant écrivain lui aussi Noir, [...] être une personne de couleur est un atout, pas un handicap. » et plus loin : « La science-fiction noire de qualité est un domaine disponible, ouvert et qui nous attend. Je dis bien "de qualité". »

Quoi qu'il en soit, Martin rapporte cette note biographique de Miller lors de la publication de « Twilight Lives », en 1979 : « D'un point de vue biographique, biologiquement, je change. Spirituellement je ne sais pas. J'ai le sentiment d'avoir beaucoup à apprendre. Je suis disposé à vous dire tout ce que vous voudrez savoir sur moi, si je peux. Pour cette raison, je voudrais que ce paragraphe biographique précise simplement que je suis joignable chez Ma Famille, à Woodstock, New York.»

En 2001, Miller se souvient, dans un petit texte publié sur son site, de son «comportement détestable» alors que le monde de la SF semblait lui ouvrir les bras : «J'étais un clown dans le magasin de porcelaine. Aujourd'hui, ce magasin où j'ai pu un temps me promener librement et dont j'ai parcouru les rayons les plus somptueux a évolué sans moi. [...] Aujourd'hui, je suis dans une situation presque grotesque, parce que je ne peux pas ne pas écrire, tout le temps. Écrire, écrire, écrire... [...] Mais personne pour me lire.» On peut lire, toujours sur son site, qu'au moment de sa disgrâce littéraire (la fin des années 1970), il a découvert le bouddhisme et est devenu «bhakta» au temple de Columbus, dans l'Ohio, pratique sur laquelle il écrit encore à la fin des années 2000.

En 2021, Joachim Boaz dit avoir contacté sa famille et s'être assuré qu'il était toujours en vie, sans plus d'explication. Nous avons nous-même cherché à le joindre, sans succès.

La nouvelle...

«Pigeon City» est donc le premier texte jamais publié par Jesse Miller. La nouvelle paraît dans le numéro de novembre 1972 d'*Analog Science Fiction*, alors dirigé par Ben Bova. Georges R. R. Martin se souvient que lors d'un déjeuner commun, sans doute en 1974, lui et Ben Bova parlèrent à Miller du Prix John W. Campbell du meilleur nouvel écrivain, inauguré l'année précédente : «Ben et moi lui prédîmes que "Pigeon City" ferait probablement un bon candidat pour ce prix.»

De fait, le nom de Jesse Miller figure cette année-là dans la liste des nominés. La suite nous est racontée par Miller lui-même dans le court texte autobiographique et autocritique mentionné plus haut :

«Lors de cette conférence des auteurs, quand vint le moment du dîner de remise des prix, j'étais sûr de gagner et je voulais gagner. Je trouvais préférable de ne pas préparer de discours de remerciement, je me disais que je privilégierais la spontanéité, je hurlerais "Ouais, c'est moi le plus grand !"

Vint alors le moment de la lecture de la liste des nominés pour le prix John Campbell, et mon nom y figurait. Je jetai un œil autour de moi, évaluant le chemin de façon à ne pas rencontrer d'obstacles en allant recevoir le prix.

"En voilà une surprise", je ne voyais pas de surprise possible, ou alors ça voulait dire que j'avais perdu.

"Nous avons deux *ex aequo* pour la deuxième place !" Aucun des deux n'était moi, je savais désormais que j'avais gagné. Je me raclai la gorge et ajustai ma cravate.

"Et le vainqueur est..." J'étais prêt à me lever... "Spider Robinson !" Spider fit un beau discours de remerciement, se retourna et me regarda droit dans les yeux en disant : "T'as été volé."»

La mémoire de Miller semble le trahir quelque peu, car c'est en réalité le premier prix qui fut partagé, la co-lauréate de Spider Robinson étant l'autrice anglo-étatsunienne Lisa Tuttle. Reste que cette histoire semble avoir durablement marqué l'auteur de « Pigeon City » qui attribue son échec à son comportement personnel « odieux » et s'accuse d'avoir laissé échapper ce jour-là une de ses meilleures chances de succès. Remarquons toutefois qu'en 2019, lors de son propre discours de remerciement, l'autrice sino-britannique Jeannette Ng dénoncera John Campbell « comme un fasciste et comme l'un des architectes de la longue domination au sein du genre des récits d'hommes blancs colonialistes.» L'année suivante, le prix sera d'ailleurs rebaptisé «Astounding Award for Best New Writer», escamotant toute mention du Pape de la SF des années 1940-1950.

Après sa première édition, «Pigeon City» n'a été reprise qu'une seule fois, dans un recueil intitulé *Sociology Through Science Fiction*, paru en 1974 chez St Martin's Press et republié en poche par le même éditeur l'année suivante. La nouvelle n'avait jusqu'ici jamais été publiée dans une autre langue.

… et son contexte

Populations noires urbaines aux États-Unis

Jusqu'au début du vingtième siècle, 90% de la population noire étatsunienne vivait dans les États du Sud où, malgré la Proclamation d'émancipation de 1863, ses membres continuaient à travailler comme ouvriers agricoles ou métayers dans les exploitations tenues par les Blancs et à subir une violente ségrégation. C'est à la fois pour fuir les lois raciales sudistes (lois dites «Jim Crow») et pour tenter d'échapper à des conditions économiques plus que précaires que les Noirs du Sud, attirés par les emplois créés dans les villes industrielles du Nord pendant la guerre, commencent à migrer. Entre 1910 et 1940, dans la première phase de ce que l'histoire du pays appelle « The Great Migration » (la Grande Migration afro-américaine), plus d'un million et demi d'entre eux partent s'installer dans les métropoles du Nord-Est (New York, Philadelphie, Boston...), du Midwest (Minneapolis, Détroit, Chicago...) et de l'Ouest (essentiellement la Californie). Cet exode se poursuit jusque dans les années 1970, période à laquelle plus de 80 % des Noirs vivent désormais en milieu urbain, et plus de 45 % d'entre eux se répartissent entre les États du Nord et de l'Ouest.

Ce déplacement de population provoque un changement démographique de grande ampleur dans de nombreuses régions du pays. Dès les années 1920-1930, il donne lieu dans certaines grandes métropoles à des mouvements culturels (musicaux, littéraires, artistiques) africains-américains – que viennent parfois enrichir les migrants venus des Caraïbes – de portée mondiale (la « Renaissance de Harlem », la Renaissance noire de Chicago...). Mais il entraîne aussi des résistances locales fortes, notamment dans une partie de la classe ouvrière blanche du Nord – souvent elle-même composée de migrants récents, venus d'Europe – qui craint de perdre ses emplois et sa relative sécurité économique. Cet effet de concurrence entraîne de nouvelles formes de discrimination à l'encontre des Noirs. C'est le cas pour l'accès au logement, où la défense de « leurs » territoires par des populations plus anciennes, ce qui contraint les Africains-Américains à rester concentrés dans les quartiers défavorisés. De manière générale, la population blanche de ces centres urbains s'efforce d'empêcher toute mixité, abandonnant parfois, comme à Harlem, les quartiers surpeuplés des centres-villes aux nouveaux arrivants pour aller s'installer dans des zones résidentielles périphériques.

Suprémacisme blanc et violences raciales dans la première moitié du siècle

Les tensions issues de la Grande Migration se traduisent très tôt par de violents affrontements entre Blancs et Noirs dans les villes industrielles, le plus souvent à l'initiative des premiers, donnant un nouvel élan à la funeste tradition étatsunienne des « émeutes raciales ».

La liste est longue des violences et des massacres orchestrés par des suprémacistes blancs à l'encontre des populations noires dans la première moitié du vingtième siècle, depuis le Red Summer de 1919 qui fait plusieurs centaines de morts, en majorité noirs, dans une douzaine de villes, ou le massacre de Tulsa qui a sans doute fait près de 300 morts et plus de 800 blessés en seulement trois jours, du 30 mai au 2 juin 1921.

Mais c'est aussi à cette époque que se produisent les premières émeutes au sens moderne du terme, qui voient des populations paupérisées et discriminées se soulever contre les conditions de vie qui leur sont faites. C'est le cas à Harlem, en mars 1935, quand la rumeur du passage à tabac d'un adolescent noir par un boutiquier blanc déclenche une nuit de destruction par les habitants de biens immobiliers appartenant à des Blancs. La répression consécutive à ce soulèvement fait trois morts et une centaine de blessés, et se traduit par l'arrestation de 125 personnes. C'est encore le cas pendant l'été 1943, où plusieurs villes, de Los Angeles à Harlem, en passant par Détroit, Mobile en Alabama ou Beaumont au Texas, sont le théâtre d'émeutes raciales. À chaque fois, celles-ci mobilisent une grande partie de la population des quartiers concernés, font des dizaines de morts et de blessés, côté manifestants surtout, et se soldent par des centaines d'arrestations.

Si de tels événements se produisent régulièrement tout au long des années 1940-1950, ils vont prendre une nouvelle dimension à partir du tournant des années 1960, en particulier dans le contexte du mouvement des droits civiques et du Black Power.

Les Ghettos Riots *des années 1960*

Dans ce contexte, comme le remarque Martin Luther King à l'époque, «les combats sont différents dans l'Ouest et le Nord du pays et dans le Sud : dans le Sud, les Noirs se battent pour leurs droits, tandis que dans le Nord, leurs luttes concernent "la dignité et le travail"». Si la défense des droits proprement dits, logiquement plus prégnante dans les États du Sud, peut parfois entraîner des soulèvements violents et une répression plus violente encore, comme à Birmingham, dans l'Alabama, en 1963, c'est bien dans le Nord et l'Ouest du pays que se déroulent les mouvements émeutiers les plus marquants.

Tout au long des années 1960, un scénario similaire se produit dans des dizaines de quartiers noirs de moyennes et grandes villes : une population misérable, confrontée depuis des mois, voire des années aux discriminations à l'embauche, à des conditions de logements indignes, à la ségrégation scolaire et aux brutalités policières, où l'organisation collective et la conscience politique progressent fortement depuis la décennie précédente, en même temps que la conviction qu'une telle situation n'est plus acceptable ; vient alors l'étincelle, l'injustice de trop, souvent une violence policière, et c'est l'embrasement. À Harlem, en juillet 1964, le meurtre par la police d'un adolescent de quinze ans provoque six jours d'émeutes et près de 500 arrestations. La même année, dans la petite ville de Rochester, toujours dans l'état de New York, où la population noire est passée, depuis 1950, de 8 000 à 32 000 individus, l'intervention violente de la police au cours d'une fête de quartier entraîne une manifestation spontanée qui se transforme en pillage des commerces blancs et jets de cocktails Molotov. Une simple rumeur suffit parfois, comme dans le quartier noir de Philadelphie Nord, en août 1964, où le meurtre supposé, mais non confirmé, d'une femme enceinte par la police conduit là encore la population à se soulever. L'épisode le plus violent a lieu dans le quartier de Watts, à Los Angeles. Le 11 août 1965, une altercation entre des policiers et une famille noire déclenche une semaine d'émeutes qui, avec l'intervention de l'armée, font 34 morts, un millier de blessés, entraînent plus de 3 000 arrestations et la destruction dans les flammes de près d'un millier d'édifices.

Ces mouvements insurrectionnels, qualifiés par les militants de l'époque de premières prises de conscience et de rébellions majeures de populations trop longtemps réduites au silence, aux privations et aux humiliations, culminent en 1967, dans le Long, Hot Summer – l'Été long et chaud –, au cours duquel plus de 150 émeutes raciales ont lieu dans tous les États-Unis et notamment dans les grands centres comme Atlanta, Boston, Cincinnati, Buffalo, Chicago, Détroit, Minneapolis, Milwaukee, New York City, etc. Cet été-là, on estime prudemment le nombre de morts à plus de 85, les blessés à plus de 2000 et les arrestations à plus de 11000. Après l'assassinat de Martin Luther King, le 4 avril 1968, une vague d'envergure comparable traverse le pays sans surprendre les autorités, cette fois. La virulence de cette agitation dans les années 1960 contraint alors le pouvoir à envisager des mesures plus profondes et structurelles pour tenter de restaurer dans les ghettos une forme ou une autre de paix sociale.

«La loi et l'ordre»

Si les lois sur les droits civiques ne sont pas des réponses directes aux soulèvements urbains des années 1960, elles n'en visent pas moins une partie des problèmes qui les ont suscités. Ainsi, le

Civil Rights Act de 1964 entend interdire toutes discriminations reposant sur la race, la couleur, la religion, le sexe ou l'origine nationale par le gouvernement fédéral et les gouvernements d'États et par certains lieux publics. Quant à celui de 1968, que Lyndon Johnson signe une semaine après l'assassinat de Luther King, il vise à mettre fin aux discriminations exercées lors de la vente, de la location ou du financement de l'achat de logements du fait de la race, de la croyance ou de l'origine nationale.

De telles dispositions ne pouvaient évidemment remédier à elles seules à la complexité des formes de dominations subies par les populations racisées des quartiers urbains défavorisés. Elles sont pourtant conspuées par l'aile conservatrice du Congrès qui, à l'image du chef du groupe républicain de la Chambre de représentants, Gerald Ford, se demande : « Combien de temps allons-nous renoncer à la loi et l'ordre au nom d'une théorie sociale gentillette selon laquelle l'homme qui lance une brique à travers votre fenêtre ou jette une bombe incendiaire dans votre voiture n'est que le rejeton innocent, incompris et défavorisé d'un foyer décomposé ? »

Ainsi, pour les conservateurs comme Ronald Reagan ou Richard Nixon, c'est en réalité le mouvement pour les droits civiques qui contribue à l'agitation sociale, et le président Johnson ne fait que récompenser les fauteurs de troubles au lieu de leur infliger les sanctions qu'ils méritent. Cette invocation du devoir présidentiel de « faire respecter la loi et l'ordre » est à la fois une tentative de fragilisation d'un pouvoir démocrate qui, depuis 1964, contrôle largement les assemblées parlementaires fédérales, et un message subliminal à l'adresse des populations blanches qui estiment leur « suprématie » menacée par la reconnaissance des droits des populations racisées.

La commission Kerner

Dès 1964, le président Lyndon B. Johnson, alors en campagne pour sa réélection, avait promis la mise en place d'un vaste programme de rénovation de la société étatsunienne, The Great Society. S'il concernait tous les citoyens des États-Unis, certaines mesures intéressaient très directement les pans ségrégés de la population. Ainsi de la promesse d'approfondir la législation sur les droits civiques ou des mesures concernant la « guerre contre la pauvreté », qui englobaient des dispositifs de rénovation des logements, la modernisation des transports, la réforme de la sécurité sociale et de l'éducation, et le soutien et la supervision de programmes de développement implantés localement, en particulier dans les zones les plus défavorisées. Si ces dispositions, évaluées à plusieurs milliards de dollars de l'époque et mises en œuvre jusqu'en 1968, ont sans doute permis de faire baisser le niveau de pauvreté des populations africaines-américaines du pays, les successeurs de Johnson (Nixon, Ford et surtout Reagan), s'emploieront à démanteler les unes après les autres toutes les mesures mises en place par son administration.

Mais la réponse gouvernementale la plus directe aux insurrections des quartiers noirs dans les années 1960 intervient un peu plus tard. En plein mois de juillet 1967, alors que le cycle d'émeutes urbaines de cet été-là bat son plein, Johnson décide en effet de mettre en place une Commission consultative nationale sur les troubles civils, dont il confie la présidence au gouverneur de l'Illinois Otto Kerner. La mission de cette « commission Kerner », comme on l'appelle désormais, est d'enquêter sur les origines des émeutes raciales urbaines et de faire des propositions pour y remédier. Dès le 10 août et avant même d'avoir engagé son travail de fond, la commission écrit à Johnson pour l'inciter à augmenter le nombre d'Africains-Américains au sein de la

Garde nationale, dans l'espoir d'atténuer ainsi les confrontations lors de nouveaux désordres.

Le 29 février de l'année suivante, après sept mois de travail, la commission rend son rapport, qui devient presque aussitôt un best-seller : plus de deux millions d'Étatsuniens se procurent un exemplaire de ce document de 426 pages.

La principale conclusion du Rapport Kerner est que les émeutes sont dues à l'exaspération des populations (noires et latinas, pour l'essentiel) de ces quartiers face au manque de perspectives économiques. Le rapport constate également l'importance du rôle des médias dominants dans le pays, qui « se prélassent depuis trop longtemps dans un monde de Blancs, regardant l'extérieur avec des yeux d'hommes blancs ». Mettant en garde contre le fait que le pays risque d'évoluer « vers une double société, l'une noire et l'autre blanche – séparées et inégales », le rapport enfonce le clou en remarquant que « ce que les Blancs n'ont jamais vraiment compris – mais que les Noirs ne peuvent oublier – c'est l'ampleur de l'implication de la société blanche dans les ghettos. Ce sont des institutions blanches qui les ont créés, ce sont des institutions blanches qui en maintiennent l'existence et c'est la société blanche qui les tolère. » Le racisme structurel blanc est donc désigné comme l'une des principales causes des violences urbaines de l'époque, la commission Kerner appelant à la création de nouveaux emplois, à la construction de nouveaux logements et à la fin à la ségrégation. Pour démanteler l'environnement nocif des ghettos, le gouvernement doit financer des programmes impliquant les habitants ; il doit aussi, toujours selon ce rapport, réformer le recrutement et la formation des agents de police afin de créer des forces de l'ordre plus sensibles aux enjeux spécifiques de ces quartiers.

Le constat semble donc assez clair, et il est d'ailleurs soutenu par le vice-président des États-Unis, Hubert Humphrey, selon qui, « si cette nation peut dépenser 30 milliards de dollars pour mettre un homme sur la Lune, il peut se permettre de dépenser la somme nécessaire pour aider un homme à se mettre debout, ici, sur Terre ». Pourtant, Johnson, agacé que le rapport ne mentionne pas les mesures déjà prises par son gouvernement, se garde de mettre en œuvre ses recommandations malgré l'assassinat de Luther King et la poursuite des émeutes jusqu'à la fin de son mandat.

À la fin de l'année 1968, l'élection de Richard Nixon à la tête du pays entérine la victoire du parti de « la loi et l'ordre ».

Harlem

New York est l'une des plus importantes destinations pour les Noirs du Sud venus s'installer au nord des États-Unis. Deux quartiers de la ville en particulier portent la trace de cette Grande Migration dans les années 1960 : Bedford-Stuyvesant (« Bedford-Stuy »), à Brooklyn, dont la population essentiellement d'origine juive d'Europe de l'Est et italienne au début du siècle, est constituée dans les années 1950 de 55 % de ces nouveaux migrants, et, bien sûr, Harlem.

Entre 1910 et 1930, la population noire de Harlem Central passe de 10% à 70%. C'est à Harlem que se produit l'un des plus grands mouvements culturels africains-américains des années 1930, le New Negro Movement, impulsé par des gens comme l'intellectuel et activiste Hubert Harrison ou le philosophe Alain Locke. Il a vu l'émergence de figures littéraires comme Zora Neale Hurston, Langston Hughes ou Claude McKay, entraîné l'avènement d'une génération de musiciens de jazz (Jelly Roll Morton, Fats Waller, Adelaide Hall, Duke Ellington, Louis Armstrong, Fletcher Henderson…) et attiré l'attention de personnalités artistiques, intellectuelles et politiques noires de l'époque comme le photographe James Van der Zee, l'artiste Josephine Baker, le leader noir Marcus Garvey, le sociologue W.E.B. Du Bois, etc.

Mais cette «Renaissance» du quartier de Harlem du fait de la créativité de sa population ne survit pas à la Grande Dépression des années 1930. Les conditions de vie dans cette zone surpeuplée et reléguée deviennent alors durablement insupportables. Des décennies durant, le taux d'emploi y est anormalement bas, les petites entreprises sont rachetées et accaparées par les Blancs, tandis que les grosses industries fuient purement et simplement la ville. La précarité des conditions de vie fait de Harlem un foyer de tensions qui, périodiquement, explosent, à l'image des soulèvements déjà évoqués de 1935 et de 1943.

Dans les années 1950, la situation évolue et Harlem devient un foyer d'action directe et de défense des droits civiques. En 1963, l'activiste harlémite Jesse Gray, soutenu par des groupes militants implantés localement, organise une grève des loyers. L'objectif est de contraindre les propriétaires d'améliorer la qualité des logements – en les débarrassant de leurs rats et autres cafards, en y installant des systèmes de chauffage et en maintenant les prix aux niveaux réglementaires. L'efficacité de la tactique choisie inspirera des mouvements de grève des loyers de plus grande ampleur à la fin des années 1960 et au début des années 1970, notamment à l'initiative des Black Panthers.

Ce mouvement de grève est à peine terminé quand éclatent les émeutes de 1964, dont la violence contraint les pouvoirs publics à prendre des mesures de fond. Six jours durant, malgré les tentatives d'apaisement de part et d'autre, le quartier est livré aux pillages, aux incendies – des centaines de bâtiments disparaissent dans les flammes –, et aux affrontements entre les émeutiers et la police qui font des blessés par dizaines et se soldent par l'arrestation de centaines de personnes. De tels débordements obligent les pouvoirs publics à réagir ; pour tenter d'empêcher qu'ils se reproduisent, l'administration Johnson instaure le « projet Uplift ».

Ce programme expérimental temporaire de lutte contre la pauvreté préfigure les programmes de la Great Society. À l'été 1965, des financements sont octroyés à des associations locales – comme la Harlem Youth Opportunities Unlimited – afin qu'elles emploient les jeunes Harlémites « dangereusement » désœuvrés. L'idée est, à court terme, de les détourner de la tentation émeutière et, à plus long terme, de leur fournir les compétences et les contacts nécessaires pour rompre le cycle infernal de la relégation et de la pauvreté. Plusieurs milliers de jeunes gens se voient ainsi confier, souvent par des membres parties prenantes de la communauté, des tâches et des responsabilités diverses, depuis l'encadrement de camps de vacances, jusqu'à l'impression de journaux en passant par la plantation d'arbres ou la restauration de bâtiments endommagés.

Le programme est un succès, à court terme, puisqu'aucun soulèvement n'a lieu à Harlem pendant l'été 1965. Mais l'action – et donc son financement – n'est prévue pour durer qu'un été, et sa conclusion signe le début d'une nouvelle longue période d'abandon du quartier et de ses habitants. À partir des années 1970, les Harlémites qui parviennent à s'extraire de la pauvreté quittent le quartier en quête de meilleures écoles, de meilleurs logements et de rues plus sûres, laissant derrière eux les groupes sociaux les plus pauvres et les moins formés. Il faudra attendre les années 1990 pour que les pouvoirs publics – et les promoteurs immobiliers – s'intéressent à nouveau à eux.

À lire

Sons of Darkness, Sons of Light, John A. Williams, 1969

The Spook Who Sat by the Door, Sam Greenlee, 1969

À voir

Notre agent à Harlem, Ivan Dixon, 1973

« Je ne pouvais découvrir aucune raison de principe pour ne point devenir un criminel, et la faute n'en incombait pas à mes malheureux et dévots parents, mais à la société. J'étais froidement résolu – davantage encore que je ne m'en rendais compte – à ne jamais accepter le ghetto mais à mourir et à aller en enfer avant que de laisser un Blanc me cracher dessus, avant que d'accepter ma "place" dans cette république. Je n'avais aucunement l'intention de laisser les habitants de race blanche de cette nation me dire qui j'étais, m'entraver ainsi et se débarrasser de moi ainsi. Et cependant, bien entendu, à cet instant précis on me crachait dessus, me définissait, décrivait et entravait et on n'aurait eu aucun mal à en finir avec moi. »

James Baldwin, *La prochaine fois le feu*, 1963

Dans la même collection

Aucune femme au monde – ***Catherine Lucille Moore***
En 1944, Catherine Lucille Moore imagine une créature hybride dont l'humanité est aux prises avec la machine.

Un logique nommé Joe – ***Murray Leinster***
En 1946, Murray Leinster imagine les dérives d'un réseau informatique mondial.

La main tendue – ***Poul Anderson***
En 1950, Poul Anderson imagine l'anéantissement de la diversité culturelle par un impérialisme intergalactique.

Le peuple du grand chariot – ***William Lindsay Gresham***
En 1953, William Lindsay Gresham imagine un monde où les parias d'hier détiennent la clé de la survie de l'humanité.

Audience captive – ***Ann Warren Griffith***
En 1953, Ann Warren Griffith imagine le ciblage publicitaire comportemental.

Le royaume de Dieu – ***Damon Knight***
En 1954, Damon Knight imagine un monde de violence et de peur délivré par l'empathie.

À l'état de nature – ***Damon Knight***
En 1954, Damon Knight imagine un monde où l'humain s'émancipe de la machine pour vivre en symbiose avec la nature.

L'examen – ***Richard Matheson***
En 1954, Richard Matheson imagine une société qui régule le vieillissement de la population.

Dans la même collection

La montagne sans nom – ***Robert Sheckley***
En 1955, Robert Sheckley imagine le dernier des grands projets inutiles.

La vague montante – ***Marion Zimmer Bradley***
En 1955, Marion Zimmer Bradley imagine une société d'abondance frugale soustraite à l'empire de la technologie.

A voté – ***Isaac Asimov***
En 1955, Isaac Asimov imagine le nec plus ultra de la démocratie sondagière.

Le pense-bête – ***Fritz Leiber***
En 1962, Fritz Leiber imagine l'Humanité Assistée par Ordinateur.

Le mercenaire – ***Mack Reynolds***
En 1962, Mack Reynolds imagine une société où la guerre est l'affaire des multinationales.

Faute de temps – ***John Brunner***
En 1963, John Brunner imagine un monde hanté par le ressentiment des générations futures.

37° centigrades – ***Lino Aldani***
En 1963, Lino Aldani imagine une société de contrôle obsédée par le risque sanitaire.

Le temps d'un souffle, je m'attarde – ***Roger Zelazny***
En 1966, Roger Zelazny imagine un ordinateur tout-puissant qui rêve de devenir humain.

Dans la même collection

Les gaspilleurs – ***Mack Reynolds***
En 1967, Mack Reynolds imagine l'émergence d'un complot contre le progrès économique.

La tour des damnés – ***Brian Aldiss***
En 1968, Brian Aldiss imagine une expérience aux proportions babyloniennes pour mesurer les effets de la surpopulation.

Où cours-tu mon adversaire ? – ***Ben Bova***
En 1969, Ben Bova imagine une expédition pionnière où la quête de l'autre se mue en choc des civilisations.

Nous mourons nus – ***James Blish***
En 1969, James Blish imagine un basculement géologique causé par l'espèce humaine.

Continent perdu – ***Norman Spinrad***
En 1970, Norman Spinrad imagine un voyage dans les abîmes de la société américaine défunte.

Demain le silence – ***Kate Wilhelm***
En 1970, Kate Wilhelm imagine une époque où l'amour de la nature est synonyme de folie.

Destination fin du monde – ***Robert Silverberg***
En 1972, Robert Silverberg imagine une societe où la fin du monde est le dernier divertissement à la mode.

Vent d'est, vent d'ouest – ***Frank M. Robinson***
En 1972, Frank M. Robinson imagine un monde où la passion automobile l'emporte sur le besoin de respirer.

Dans la même collection

Traverser la ville – ***Robert Silverberg***
En 1973, Robert Silverberg imagine un grain de sable dans les rouages d'une ville-machine planétaire.

Frank Merriwell à la Maison Blanche – ***Ward Moore***
En 1973, Ward Moore imagine la machine politique ultime.

L'épidémie – ***Clifford D. Simak***
En 1976. Clifford D. Simak imagine une société accro aux pesticides.

Le testament d'un enfant mort – ***Philippe Curval***
En 1978, Philippe Curval imagine le regard d'un nouveau-né sur un monde sans avenir.

Les retombées – ***Jean-Pierre Andrevon***
En 1979, Jean-Pierre Andrevon imagine un coin de France, le jour d'Après.

Insecticide – ***Steven Saylor***
En 1986, Steven Saylor imagine une société en proie à la paranoïa et au complotisme.

Tiny tango – ***Judith Moffett***
En 1989, Judith Moffett imagine l'impact du sida sur notre société.

Pigeon, canard et patinette – ***Fred Guichen***
En 2016, Fred Guichen imagine que des impasses de la toute-puissance naîtra le pouvoir de la fragilité.

Ce livre a été imprimé en France par les imprimeries Corlet sur un papier certifié PEFC provenant de forêts gérées de façon durable et sous le label Imprim'Vert, qui garantit des pratiques respectueuses de l'environnement au sein de l'imprimerie. Nos publications sont diffusées par Harmonia Mundi, diffuseur et distributeur indépendant situé à Arles. Le passager clandestin est une Scop (société coopérative et participative) qui réunit trois éditrices. Ce livre est le résultat de leur travail organisé de manière collaborative, horizontale et joyeuse entre l'Ardèche, le Morbihan et le 18e arrondissement parisien.

Certifié PEFC
Ce produit est issu de forêts gérées durablement et de sources contrôlées.
PEFC 10-31-1510
pefc-france.org

IMPRIM'VERT®

IMPRIMÉ EN FRANCE

Dépôt légal : 4e trimestre 2023
Achevé d'imprimer en août 2023
sur les presses de l'imprimerie Corlet en Normandie

Numéro d'impression : 23050025
ISSN : 2264-4830
ISBN : 978-2-36935-187-0